서른 살
매립지
이야기

서른 살
매립지
이야기

수도권매립지의 어제와 오늘, 그리고 내일

신창현 외 42인 공저

YD 연두에디션
Édition

'쓰레기매립장' 하면 책 표지가 누렇게 변할 만큼 오래된 책 「난지도 사람들」이 떠오릅니다. 그 책에는 「난장이가 쏘아올린 작은 공」에 나오는 주인공들처럼 사회적 모순에 갇혀 고단한 삶을 살아내는 사람들의 이야기가 나와요.

저는 지금 난지도에서 멀지 않은 망원동에 살고 있습니다. 가을이 되면 난지도의 하늘공원에는 하늘을 살랑살랑 간지럽히는 듯 억새가 흔들리고, 그 황홀한 광경에 수많은 사람이 몰려듭니다. 깔끔한 아파트와 미디어 본사들이 즐비한 곳에 서면 '난지도의 악취가 망원동까지 스몄다'는 소설 속 표현이 거짓말만 같아요.

난지도처럼 수도권매립지도 몰라보게 변화해 왔습니다. 매립지 생태공원에는 고라니가 거닐고 철새가 머무르고 양귀비와 국화가 흐드러지게 핍니다. 「서른 살 매립지 이야기」는 그 변화를 몸으로 일군 사람들의 이야기를 담고 있습니다.

수도권매립지관리공사가 지난 30년 동안 이룬 멋진 변화들은 생태공원의 모습, 최첨단 기술력과 자원순환 성과로 쉽게 확인할 수 있어요.

하지만 악취 나는 침출수를 뒤집어쓰며 야생화와 철새, 고라니가 사는 '드림파크'를 만든 생생한 이야기 덕에 저는 이제 매립지 하면 「난지도 사람들」을 떠올리지 않게 됐어요. 대신 음식물쓰레기에서 나온 바이오 가스로 운영하는 온실 속에서 허브 식물을 키우는 지역 주민들을 알게 됐어요.

매립지는 단순히 쓰레기를 묻는 곳이 아닙니다. 쓰임을 다한 존재의 마지막을 품어서 다른 존재로 태어나게 하는 자원순환의 종착지입니다. 그리고 그것은 저절로 되는 일이 아니에요. 그 일을 해온 분들의 삶이 「서른 살 매립지 이야기」에 담겨 있습니다.

앞으로의 30년, 수도권매립지는 어떻게 변화할까요? 이곳에서 일하는 분들 덕에 수도권매립지는 자원순환과 환경교육의 성지가 되지 않을까요? 그때 환갑을 맞은 매립지 이야기를 듣고 싶습니다.

고금숙
알맹상점 공동대표, 경향신문 칼럼니스트,
수도권매립지관리공사 자원순환 홍보대사

매립지 사람들의 이야기

신창현

30년 전에 처음 수도권매립지를 방문했다. 김정욱 서울대 교수 등 환경과공해연구회원들과 함께였다. 간척사업이 진행 중인 갯벌과 둑 하나를 사이에 둔 제1매립장에 쓰레기가 쌓이면서 인근 주민들은 악취와 먼지, 파리 등으로 많은 고통을 겪었다. 덮개를 씌우지 않은 청소차들은 음식물 폐수까지 흘리고 다녔다. 이런 상황에서 매립을 시작한 지 두 달 만에 산업폐기물 매립 계획이 발표되자 주민들의 불만이 폭발했다. 주민들은 매립지

정문 앞에서 집회를 열며 쓰레기 반입을 막았고, 지자체 골목마다 수거하지 못한 쓰레기가 쌓여 갔다. '수도권 쓰레기 대란'은 한 달여 동안 계속됐다.

나는 주민 대표들이 주최한 공청회의 주제발표자로 참석해 3개 시·도가 공동으로 운영하는 조합방식의 문제점들을 지적했다. 주민들은 피해 보상의 대상이 아니라 매립지 운영의 주체가 돼야 한다는 말도 했다.

정부는 주민들과 논의한 끝에 쓰레기 분리수거 제도를 도입하고, 1995년부터 쓰레기종량제를 시행키로 했다. 또 「폐기물시설지원법」을 제정해 주민들에게 쓰레기 매립 비용의 10%를 지원하기 시작했다.

30년이 지난 지금 악취는 옛날 얘기가 됐다. 악취가 발생하는 메탄가스를 태워서 전기를 생산하고,

하수슬러지를 발전소 연료로 만들고, 음식물 폐수를 바이오가스로 재활용한 결과다. 그뿐 아니다. 매립이 끝난 제1매립장은 36홀의 골프장으로 변신했고, 연탄재 야적장 위의 야생화공원은 한 해 30만 명이 넘는 시민이 찾고 있다. 악취와 파리의 대명사였던 수도권매립지는 240만 그루의 나무가 있는 숲으로 바뀌었다.

수도권매립지가 이렇게 바뀔 수 있었던 것은 주민들의 희생과 협력 덕분이다. 악취와 먼지, 소음 등의 피해를 감수한 주민들의 희생이 없었다면 오늘의 수도권매립지는 가능하지 않았다. 주민들은 이제 수도권매립지의 공동 운영자다. 지난 2월 10일 30주년을 기념하면서 이날을 매립지 주민의 날로 정했다.

앞으로 할 일이 많다. 서울·경기 지역에 대체매립지를 신설해서 운영해야 하고, 매립 대신에 재생에너지 비율을 높여야 한다. 이에 맞춰 공사 이름도 '수도권자원순환공사'로 바꾸려고 한다.

수도권매립지에는 쓰레기만 있는 것이 아니라 사람도 있다는 것을 이 책을 통해 알게 됐으면 좋겠다.

신창현
2021년 7월부터 수도권매립지관리공사 사장으로 근무하고 있다.

목차

소년 시절

청년 시절

목차

새로운 길

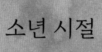

소년 시절

고맙다, 파리야!

황인식

파리를 싫어하는데 하필 파리가 들끓는 곳에서 직장생활을 하게 됐다. 수도권매립지 초창기 우리 사무실의 필수 비치품은 책상, 의자, 복사기 그리고 파리채였다. 나는 사무실에서 서류를 작성하다가도, 전화를 받다가도 파리가 근처에 오면 사정없이 파리채를 들고 때려잡았다.

구내식당에 가도 마찬가지였다. 구내식당 천장에는 파리를 잡는 끈끈이가 군데군데 붙어 있었다. 이마에 끈끈이가 붙어서 파리와 함께 버둥거리는 일도 있었고, 이따금 국그릇에 파리가 둥둥 떠다니기도 했다. '파리 육수'가 우러나온 국은 도저히 입에 갖다 댈 용기가 나질 않았다. '파리국'이 나온 날엔 끼니를 거를 때도 많았다.

그런데 인생이란 알다가도 모를 일이었다. 내가 싫어하고 혐오하는 파리에게 고맙다고 인사할 날이 올 줄이야….

1995년 국회 환경노동위원회 국정감사가 우리 매립지공사 사무실에서 열렸다. 국회의원들이 오신다는데 어찌 가만히 있을 수 있겠는가. 몇 날 며칠을 쓸고 닦으며 파리들을 '소탕'했다.

그러나 국정감사가 시작되고 의원들이 한 분 두 분 착석하는데 눈치 없는 파리들은 퇴장할 줄을 몰랐다. 의사 진행을 방해하는 파리들을 서류 더미로 탁탁 쳐 내는 소리가 들려올 때마다 나는 그

옆에서 죄스러운 마음을 감출 길 없는 신세가 됐다. 한다고 했는데, 열심히 준비했는데…. 파리가 또 이렇게 나를 괴롭힌다는 생각에 울적해질 무렵, 강부자 의원이 질의를 시작했다. 나는 꾸중 듣는 학생처럼 고개를 푹 숙이고 있었다.

"수고들 많으십니다…. 에… 국정감사장 어디를 가 봐도, 이렇게 파리가 날아다니고, 악취가 나는 곳은 없었던 것으로 압니다. 이런 열악한 환경에서, 특히 현장에서, 이 악취와 먼지 속에서 일하시는 여러분을 뵈면서… 저런 분들께는 특별한 처우 개선이 있어야 하지 않나 하는 생각이 듭니다. 대폭적인 처우 개선을 부탁드립니다."

'내가 지금 무슨 말을 들은 거지? 파리가 날아다니는 국정감사장이라고 혼이 나는 게 아니라 파리가 날아다니는 이 열악한 환경에서 일하는 분들을 위

한 대폭적인 처우 개선을 바란다고?'

상상도 하지 못한 변화가 파리에서 시작됐다. 이듬해인 1996년부터 급여에 위생관리비 항목이 신설됐다. 꼭 국정감사장에 날아든 파리 때문만은 아니겠지만 매립지에서 근무하는 직원들의 처우를 대폭 개선해야 한다는 강부자 의원의 의견에, 그날 감사에 참여한 의원들께서 깊이 공감하고 찬성한 데에는 파리의 '역할'이 크지 않았을까? 세월이 흐른 지금도 여전히 파리를 싫어하지만, 그때 그 파리들에게는 꼭 인사를 전하고 싶다.

고맙다, 파리야!

황인식
2000년에 입사해서 현재 경영기획처장으로 근무하고 있다.

슬러지 준설 작업

최병진

침출수 저류조는 장마철에 다량 발생하는 침출수를 임시로 모아 두는 시설이다. 이곳에 흙 같은 슬러지가 많이 쌓이면 그만큼 침출수를 저장할 공간이 줄어든다. 그래서 비가 많이 오기 전에 이미 쌓여 있는 슬러지를 치워야 했다. 퍼내야 하는 슬러지의 양은 약 1000톤. 대부분 장비를 이용하지만 호스로 슬러지를 빨아들이는 작업은 사람이 직접 저류조에 들어가서 했다.

뙤약볕 아래 끝없이 올라오는 슬러지 냄새…. 우리는 이를 악문 채 무겁고 긴 호스를 들고서 슬러지와 맞섰다. 너무 힘들어서 중단했다가 계속하기를 반복할 정도로 고된 일이었다.

침출수 저류조를 지금은 빗물 저류조로 쓴다. 비가 많이 오면 받아 두었다가 골프장 잔디와 나무들에 뿌린다. 깨끗한 빗물이 찰랑대는 저류조를 볼 때마다 냄새나는 슬러지를 뒤집어쓰고서 웃던 동료들의 얼굴이 떠오른다.

최병진
2000년에 입사해서 현재 반입검사부장으로 근무하고 있다.

추석날이 제삿날?

정용길

추석이 다가오면 '더도 말고 덜도 말고 한가위만 같아라'고 한다. 햇곡식과 햇과일이 풍성하게 곳간을 채우고, 오랫 동안 못 만난 가족들이 얼싸안고서 서로의 안부를 확인하는 날…. 민족의 대명절 추석이란 으레 그런 것이지만 나는 아직도 추석을 생각하면 '죽을 뻔한' 그날이 떠오른다.

이 이야기는 IMF 시작과 제15대 대통령 선거를 앞둔 1997년 9월 13일(어휴, 날짜도 안 잊어버려) 토요일 추석 연휴 첫날의 이야기이자 내 생애 처음으로 죽음의 문턱에서 살아 돌아온 이야기다.

1997년에는 여름부터 초가을까지 비가 정말 많이 왔다. 그래서 2급 이상 간부들은 매일같이 본부장실에 모여서 한없이 늘어나는 침출수의 저류(저장) 해결 방안을 논의했다. 침출수란 쓰레기가 썩을 때 발생하는 오염된 물로, 당시 수도권매립지 제1매립장의 침출수 처리 용량은 하루 3500톤에 불과했다. 비가 많이 오면 범람이 걱정될 정도로 애초 처리 용량을 너무 적게 설계한 문제가 있었다. 1991년 준공 이후 많은 문제점을 하나하나 해결해 나갔으나 침출수 문제만은 역부족이었다.

그때 우기에 발생하는 침출수 저류 방법은 두 가지가 있었다. 하나는 제1매립장 내부에 침출수를 저류하는 것, 또 다른 하나는 임시 저류조를 설치해서 우기에만 저류하는 것이었다.

마침 제2매립장 침출수 처리장에는 임시 저류조를 시공한 상태였다. 문제는 추석이 코앞인데 연휴 기간의 저류조 수위를 어느 부서가 조사해서 보고할 것인가였다. 결국 매립계획과 근무자들이 저류조 수위 측정을 담당하기로 했다.

그리고 연휴 첫날 근무일. 저류조에 도착하니 모두 일찌감치 고향으로 떠나 아무도 없었다. 침출수 이송 차량만 두 시간에 한 번씩 오갈 뿐이었다.

그날 나의 업무는 일일 복토와 중간 복토 상태를 확인하고, 저류조의 수위를 측정하는 것이었다. 그 수위를 측정하는 방식은 무척 원시적이었다. 폐기물을 엮어 만든 15m짜리 긴 천에 돌멩이를 매달아서 임시 줄자를 만들었다. 그리고 천의 끝을

잡고 매단 돌을 던져 넣어서 수면으로부터 저류조 바닥까지의 깊이를 측정했다. 그날 역시 줄자라고 하기에도 민망한 것을 냅다 던졌는데, 돌 무게 때문인지 저류조 사면 시트 중앙에 꽂혀 버렸다. '에휴~' 한숨을 내쉬며 저류조 사면에 발을 내딛는 순간 발이 미끄러지면서 침출수에 풍덩 빠지고 말았다.

물 밑에서 누가 나를 끌어 잡아당기기라도 하듯이 서서히 몸이 침출수에 잠겨 갔다. "사람 살려!" 소리를 쳤지만 명절 연휴라 주변에는 아무도 없었고, 침출수 이송 차량 기사가 오기까지는 두 시간이나 더 기다려야 했다. '나는 이제 죽었구나' 하는 생각에 두 눈을 질끈 감았다. 고향에서 나를 기다리실 부모님이 떠올랐다.

다행히 침출수는 목 언저리까지만 차올랐고, 나는

게걸음으로 겨우 빠져나올 수 있었다. '살았구나. 고향에 계신 부모님을 다시 만날 수 있겠구나' 하는 생각에 감격스럽기까지 했다.

그 뒤로 "더도 말고 덜도 말고 한가위만 같아라"라고 덕담하는 동료들에게 "나 죽을 뻔했던 거 몰라?"라며 그때의 무용담을 늘어놓곤 한다.

정용길
2000년에 입사해서 현재 기술지원부장으로 근무하고 있다.

전천후 사무직

김진

결혼하고 1년 정도 지났을 때의 일이다. 퇴근하고 집에 왔는데, 아내의 낯빛이 무척 심란해 보였다.

"여보, 나 왔어. 엥? 표정이 왜 그래? 무슨 일 있어?"
"당신, 솔직히 말해 봐."
"(괜히 긴장) 갑자기 뭘?"
"나 속이는 거 있지?"
"이 사람이, 뚱딴지같이 무슨 소리야!"

"당신, 회사에서 도대체 무슨 일을 하는 거야?"

"뭐? 어… 그게 말이지….”

아내를 처음 만났을 때만 해도 나는 환경관리공단 실험실에서 분석 업무를 하고 있었다. 그래서 아내에게 사무직으로 일한다고 스스로를 소개했고, 틀린 말도 아니었다.

그때 내가 일하던 환경관리공단은 3개 시·도로 구성된 운영관리조합으로부터 매립시설과 부대시설을 위탁받아 운영하고 있었다. 당시 운영하던 제1매립장 상황은 무척 열악했다. 특히 침출수 처리 시설이 아주 낡았던 데다 하루에 처리할 수 있는 침출수의 용량보다 더 많은 침출수가 발생하기 일쑤였다. 그래서 침출수가 모이는 집수조, 처리한 침출수를 방류하는 저류조가 여름만 되면 넘치기 일보 직전의 상황이 되곤 했다. 비가 내린다는 예보가 있는 날이면 그날은 그야말로 '뜬눈으로 밤을 지새우는' 날이었다.

5일에 한 번은 교대로 야간근무를 할 수밖에 없었고, 비상근무와 야간근무가 겹치기도 다반사여서 종종 숙식을 회사에서 해결해야 했다. 근무가 없는 날이면 고단한 육신의 피로와 마음의 스트레스를 풀기 위해 가정동 소줏집을 얼마나 드나들었던지…(아차, 이건 아내가 알면 안 되는데).

그런데 이 침출수라는 게 쓰레기에서 나오는 오염된 물로, 냄새가 워낙 지독해서 아무리 씻어도 그 냄새가 가시지를 않았다.

그러니 아내가 보기엔 아침에 출근한 남자가 며칠씩 들어오지 않고, 집에 올 때마다 퀴퀴한 냄새를 달고 오는 데다 후줄근한 작업복에 영문 모를 우비를 입고 들어오기도 했으니 충분히 의심이 들고 불안하기까지 했을 것이다.

말을 잇지 못하는 내 앞에서 아내는 울기 일보 직전인 얼굴로 "당신 진짜, 회사에서 무슨 일을 하는 거냐고…. 정말 사무직 맞아?"라고 재차 물어댔고, 나는 그런 아내의 어깨를 끌어안은 채 토닥이는 수밖에 없었다.

"어… 나 사무직 맞아… 맞는데… 급할 때는 현장 일도 하는 전천후 사무직이야."

세월이 흐르고 기술이 발전해서 지금처럼 침출수 처리에 고도의 기술이 접목돼 자동화·현대화한 것을 보면, 대견하고 자랑스러우면서도 가끔은 그날들이 떠오른다. 모든 시설의 관리와 보수를 직원들 손으로 해내고, 비가 내리면 넘치기 일보 직전인 침출수를 처리하기 위해 이리 뛰고 저리 뛰며 그 지독한 침출수 냄새를 그대로 뒤집어쓰고도, 해결했다는 사실 하나만으로 냄새 따윈 아랑곳하지 않던 날들…. 나에겐 그 시절 하루하루가 추억의 날들이다. 아내에겐 불안과 걱정의 날들이었겠지만 말이다.

김진
2000년에 입사해서 현재 정보기술부장으로 근무하고 있다.

혼자가 아니야

홍성균

나의 스물여덟 해 봄은 수도권매립지에서 시작됐다. 고향인 청주에 아픈 어머니를 두고 와야 해서 설레기는커녕 모든 것이 막막하기만 했다.

내가 맡은 첫 업무는 쓰레기를 묻고 흙을 덮는 복토 과정에서 필요한 흙의 양을 파악하는 일이었다. 모든 직원이 순번을 정해 복토 차량에 지급된 카드를 수거하면 나는 그 카드를 받아 반입 차량 수와 복토량을 확인했다. 일하면서도 '내가 왜 이런 일을 해야 하나?' 하며, 시시한 일도 아니었는데 당시엔 좀 불만이었다.

아침에 눈을 뜨면 회사 가기 싫다는 생각, 낮에는 일하기 싫다는 생각, 저녁이면 아픈 어머니 생각에 밥도 안 넘어갔다. 술을 마시지 않으면 잠을 이루기가 어려울 정도로 고달프고 외로웠다. 근무 태도가 좋을 수 없었다.

그러던 중에 24시간 쉬지 않고 돌아가는 침출수 처리장으로 전보 명령을 받았다. 당시는 매립장의 침출수를 법정 기준 이하로 처리해 방류하는 것이 중요해서 매일 임시배관과 펌프 등을 옮기고 설치하느라 밤늦게까지 일하는 게 일상이었다. 쉴 새 없이 돌아가는 현장근무에 적응하는 것도 힘든데 어머니 병세까지 악화돼 나는 체력적으로나 정신적으로 점점 피폐해져 갔다.

피로가 극에 달했을 즈음 사건이 일어났다. 야간 근무를 서던 중 폐기물을 처리하고 남은 찌꺼기인 슬러지가 나의 실수로 저장고 밖으로 넘쳐흘렀다. 동료들과 슬러지를 일일이 삽으로 모아 다시 저장고로 집어넣는 작업을 밤새도록 했다. 땀이 비 오듯 쏟아졌지만 실수했다는 민망함과 미안함으로 고개를 들 수가 없었다.

아침에 간밤에 있었던 사고를 보고하고 퇴근하려 하는데, 팀장이 나를 불러 세웠다. 내가 요즘 무슨 생각을 하는지, 어떤 어려움이 있는지 물었다. 나는 그간의 설움이 복받쳐 올라서 업무에 대한 어려움, 어머니가 편찮은 저간의 사정을 토로했다. 아무 말 없이 내 얘기를 다 들은 팀장은 내 어깨를 토닥였다.

"네가 지금 하는 일이 단순한 일처럼 보인다고 너 자신을 과소평가해선 안 돼. 작게는 주변 지역, 크게는 우리나라 환경을 개선하는 일이야. 그리고…, 어머니 간호할 일이 생기면 언제든지 눈치 보지 말고 휴가 써."

그때 알았다. 개인적 고민이라도 혼자 끌어안고 끙끙대는 것보다 털어놓고 함께 나누는 것이 더 나을 수도 있다는 사실을 말이다. 이튿날 출근하니 약속이나 한 듯 동료들이 어머니의 안부를 묻고 위로의 말을 건넸다. 상사의 조언과 동료들의 응원으로 나는 조금씩 일에 집중할 수 있었고, 더 나은 사람으로 변해 갔다.

어머니는 내가 입사하고 1년이 지나지 않아 돌아가셨다. 장례를 마치고 회사로 돌아오니 누군가 내게 "어서 와. 고생 많았지"라고 말했다. '어서 와'

라는 그 말에 문득 집에 돌아온 것 같은 기분을 느꼈다. 늘 혼자라고 생각했는데, 돌아보니 한 번도 혼자였던 적이 없었다.

홍성균
2000년에 입사해서 현재 전략사업실장으로 근무하고 있다.

내일 당장 차 뽑는다!

이원근

입사하고 두 달인가 지나서 야간근무로 출근할 때의 일이다. 회사로 가는 대중교통이 없던 시절이어서 오후에 출근하려면 시간이 두 배는 더 필요했다. 대학을 갓 졸업해 차가 없던 나는 야간근무조가 되면 신촌에서 삼화고속을 타고 인천 가정동까지 가서 같은 근무조 선배의 차를 타고 회사로 들어가곤 했다. 이날은 선배가 조금 일찍 간다고 해서 그 차를 타면 편하게 가겠지만, 일찍 가 봐야 할 일도 없어서 나는 따로 출근하기로 했다.

양화동 인공폭포까지 가서 지나가는 쓰레기차나 토사운반 차량을 타고 회사까지 들어가기로 마음먹었다. 첫 시도였지만 서울 여러 지역에서 쓰레기차를 타고 출퇴근하는 선배들의 경험담을 들었던 터라 대수롭지 않게 여겼다. 집에서 일찌감치 나와 버스를 한 번 갈아타고 인공폭포에 도착했다.

'성산대교가 개통하고 인공폭포가 생긴 후 아버지와 함께 왔던 때가 1980년대였지?'

추억을 떠올리며 자판기 커피를 한 잔 뽑아 지나가는 트럭을 기다렸다. 이때까지만 해도 출근길이 그렇게 고될 줄은 상상도 못 했다.

지나가는 차가 생각보다 많지 않았고, 어쩌다 멈춰 선 트럭은 매립지행이 아니었다. 지각할지도 모른다는 생각에 마음이 조급해지기 시작했다. 20~30분 정도 지났을까? 안쓰럽게 보였는지 근처 주차장에 있던 아저씨 한 분이 다가왔다.

"학생, 어디 가나?"

옷을 편하게 입은 데다 도시락 가방을 메고 있어서 그렇게 보였나?

"저 학생 아닌데요. 매립지 가려고요."
"난지도?"
"아니요. 김포 수도권매립지요."
"아! 김포매립지! 그쪽 방향으로 가는데 태워 줄까?"

고맙다는 인사를 하고 아저씨 차를 얻어 탔다. 10분이면 회사에 도착하겠다는 기대감에 초조하게 차를 기다리며 들었던 여러 잡생각이 말끔히 사라졌다.
그런데 10분 정도 갔을까? 부천삼거리 전용도로 입구가 확실한데 아저씨가 비상등을 켜고 차를 세웠다.

"어, 여기서 한참 더 들어가야 하는데요?"

"여기가 매립지 입구 아닌가? 나는 직진해야 돼."

아저씨는 전용도로 입구를 매립지로 생각한 것 같았다. 당황스러웠지만 여기까지 온 것으로 위안을 삼아야 했다. 이 길을 지나는 차는 회사로 바로 갈 확률이 높았다. '고지가 바로 저 앞이다'는 심정으로 다시 힘을 내어 기다렸다. 얼마 지나지 않아 쓰레기차 한 대가 전용도로로 들어섰다. 손을 흔드니 차가 멈추면서 창문이 열렸다.

"아저씨, 매립지 가는데 태워 주실 수 있어요?"

"가기는 가는데…. 일단 타든가."

일단 타든가? 뭐지? 생각할 겨를이 없어 일단 탔다. 몇 분 정도 갔을까?

2차로에 마치 주차장을 연상케 할 정도로 많은 쓰

레기차들이 줄지어 서 있었다. 내가 탄 쓰레기차도 그 긴 줄의 끝자락에 맞춰 섰다.

"어? 지금 안 가세요?"

"가기는 가는데, 여기서 기다렸다가 시간 되면 출발하지."

"그러면 저 지각하는데….''

"급하면 저기 저 맨 앞에 있는 차를 타고 가."

당시는 야간 반입도 하던 시절이라 쓰레기차들이 김포 장기사거리부터 미리 줄을 서서 반입시간을 기다리고 있었다. 그 차량 행렬이 길게는 몇 킬로까지 됐다.

차에서 내려 처음에는 뛰었다. 금세 지쳤고, 속도가 줄면서 걷기 시작했다. 맨 앞이 어딘지 끝이 보이지 않았다. 가방은 무겁고, 도시락 수저통은 왜 그렇게 달그락거리던지. 걷고 또 걷기를 30여

분 하니 차량이 움직이기 시작했다. 얼추 긴 줄의
앞쪽인 듯해서 얼른 옆에 있는 쓰레기차를 잡아
탔다.

다행히 그날 출근시간에 늦지는 않았지만 뛰고 걷
고 차를 무려 6번이나 갈아타고 출근했으니 업무
를 시작하기도 전에 몸은 이미 녹초가 됐다.

이튿날 퇴근길에 운 좋게도 집 근처로 바로 가는
쓰레기차를 잡아탈 수 있었다. 전날의 내 '머나먼
출근길' 이야기를 들은 아저씨는 '적환장으로 오면
쉽게 갈 수 있다'는 꿀팁을 알려주었다. 하지만 나
는 그 꿀팁을 한 번도 이용하지 않았다. 왜냐고?
'머나먼 출근길'로 고생한 그날 '내일 당장 차 뽑는
다!'고 결심했기 때문이다.

쓰레기차에서 내리자마자 근처 자동차 대리점에
가서 단 1초의 망설임도 없이 계약서에 도장을 꽉

찍었다. 그 뒤로 다시는 수저통 달그락거리는 소리를 들을 수 없었지만 그렇게 만난 '애마'는 한동안 나의 출퇴근길을 함께해 주었다.

이원근
2000년에 입사해서 현재 물환경처장으로 근무하고 있다.

실험실 이야기

김문정

"쓰레기처리장에도 실험실이 있어요?"

내 명함을 건네면 다들 의아해하며 한마디씩 한
다. 하지만 이는 하나만 알고 둘은 모르는 소리다.
쓰레기를 묻고 처리하는 과정에도 엄청난 분석이
필요하다. 매립장 조성 초기부터 실험실이 존재했
으니 엄연히 '창립 멤버'라 할 만하다.

25년 전. 실험실 인원은 스무 명 남짓으로 늘 북적

였고, 비슷한 나이대여서 다들 격의 없이 지냈다. 당연한 얘기겠지만 지금처럼 현대화되거나 자동화된 장비는 눈을 씻고 찾아봐도 없었다.

지금 실험실의 식기세척기로 불리는 '초자세척기'라는 개념조차 없을 때였다. 세척은 모두 수작업으로 해야 했다. 시료가 담긴 병을 닦는 담당자의 현란한 솔질을 보고 감탄하던 기억이 새롭다. 수세척이 계속 이어졌다면 모르긴 해도 TV '생활의 달인'에서 찾아왔을 거라고 장담한다.

부끄러운 얘기지만 안전에 대한 경각심도 높지 않던 시절이었다. 약품이 튀면 그냥 그러려니 하고 넘어갔다. 어느 날엔 질산은이 튀어서 손등에 거뭇한 점이 많이 생겼다. 비누로 열심히 닦았지만 지워지지 않아서 신경이 예민해져 있을 때 옆을 지나가던 선배가 그랬다.

"아, 그거? 신경 쓰지 말고 그냥 둬. 며칠 있으면 없어져."

역시 '실험실 짬밥'은 무시할 수 없는 법. 반점이 며칠 만에 거짓말처럼 싹 사라졌다. 그 뒤로 산이 한두 방울 튀어서 옷에 구멍이 뚫리더라도 그런 것쯤은 놀랄 일도 아니었다.

실험실 실장이 "눈에 보이지는 않지만 공기 중 유기화합물이 분석데이터에 영향을 미칠 수 있다"며 교차오염을 걱정할 때도 마음속으로 '과하다'고 생각할 정도였다. 지금 교차오염 방지는 필수사항이다.

실험실 짬밥을 먹어 갈수록 나 역시 강심장으로 단련된 걸까? 그 시절에는 당연하게 느껴졌다.

그래서였을까. 동료 중 한 명은 시료 분석으로 야근한 이튿날 해산했다. 나 역시 배 안에 아이를 품은 채 쉬는 시간마다 장비 앞에 엎드려서 쪽잠을 자곤 했다. 고작 전자파 차단 앞치마를 둘렀을 뿐인데, 그게 뭐라고 마음이 든든하고 안심이 됐다. 지금 생각하면 아이에게 미안하다. 다행히 아이는 잘 자라서 어엿한 성인이 됐다. 문득 그 시절이 떠오를 때면 지금도 종종 아이에게 무용담을 늘어놓는다.

회사 본관 건물 뒤로 새로운 연구소 건물이 올라가고 있다. 모든 것이 신식인 이번 실험실에서는 또 어떤 일들이 생길지 벌써부터 궁금해진다.

김문정
2000년에 입사해서 현재 음폐수시설부장으로 근무하고 있다.

한 통의 제보전화

이주철

2002년 5월, 당시 검단주민대책위 사무실로 한 통의 전화가 왔다.

"여보세요, 거기가 대책위 사무실 맞나요?"
"무슨 일이신지…?"
"우리 회사가 못된 짓을 해서 신고하려고….'"

수화기 너머의 남자는 사뭇 무거운 목소리로 말을 이어 갔다. 본인은 경기도 모 환경업체에서 일하는 운전사인데, 자신이 일하는 곳에서 폐페인트 등을 생활쓰레기와 섞은 뒤 매립지로 반입해 1년 이상 불법 처리해 왔다고 말했다. 그 양만도 무려 11톤이 넘었다. 업체 사장은 이 사실을 은폐하기 위해 운전사를 2~3개월에 한 번씩 해고했고, 자신도 해고 통보를 받았다며 억울해했다. 밀린 급여를 달라고 하자 인간적인 모욕까지 당해 신고하게 됐다며 울먹였다.

지금은 이런 일이 없지만 매립지 운영 초창기에는 유해 폐기물을 몰래 반입하는 일이 종종 있었다. 특히 폐페인트, 폐석면, 감염성 폐기물 등 반입하면 안 되는 특수 폐기물을 혼합해서 반입하려는 시도가 많았다.

전화를 끊고 나는 대책위 위원들에게 이 사실을 먼저 알렸다. 당시 불법 폐기물 반입 상황을 훤히

꿰고 있던 공사 감독관과 함께 현장을 급습할 계획을 세웠다. 대책위 차원에서 해결하기가 벅차 협의체를 만나고, 해당업체 소재지 파출소에 협조도 요청했다. 본격적으로 작전을 수행하기 전에 일차 탐문으로 감독관과 내가 현장으로 가서 살폈다. 놀랍게도 두 곳의 거래처에서 불법 폐기물을 수거한 뒤 자신들의 작업장에서 생활쓰레기와 혼합해 매립지로 이동하는 장면을 목격했다.

이제 남은 건 현장을 급습하는 일뿐이었다. 제보자와 일정을 맞춘 뒤 작전에 들어갔다. 제보자로부터 차량번호와 반입 예정 시간을 전해 받은 다음 만반의 준비를 했다. 매립장에 대기하고 있던 공사 감독관과 주민감시원이 해당 차량을 그 어느 때보다 정밀하게 검사했고, 폐페인트 20여 통을 발견하는 데 성공했다. 이 사건은 당시 지역 언론에 크게 보도돼 불법 반입에 경종을 울린 사례로

남아 있다.

한 통의 제보전화로 밝혀진 그 사건 이후 주민대책
위원회와 매립지관리공사는 재발 방지를 위해 여
러 방안을 마련하고 시행해 왔다. 정답을 찾으며
시행착오를 반복해 온 30년! 주민과 매립지공사가
함께했기에 세계가 부러워하는 수도권매립지로
발전한 것 아닐까.

이주철
2001년 검단주민대책위원회를 시작으로 2004년부터
주민지원협의체에서 사무국장으로 일하고 있다.

매립지에 묻힌 1200만 원

유호영

계량대 야간근무를 하고 있는데 밤 1시경에 40대 초반으로 보이는 부부가 찾아왔다. 곧 울음을 터뜨릴 것만 같은 얼굴을 한 그들은 "무슨 일로 오셨어요?"라고 묻는 내 손을 꼭 잡고 이렇게 말했다.

"아이고 선생님, 여기 좀 들어가게 해 주세요."
"안 됩니다. 외부인은 매립장에 들어올 수 없어요."
"안 돼요. 지금 무조건 들어가야 합니다. 제발요!"
"사고 위험도 있고 해서 절대로 안 됩니다. 돌아

가세요."

"제발!!! 저기 제 1200만 원이 있단 말이에요!!"

"네에? 1200만 원요?"

자초지종을 들어보니 사정은 이랬다. 아주머니가 최근 곗돈 1200만 원을 탔다. 그 돈을 은행에 넣기 전에 잠시 집에다 보관해 두고 있었다. 그때만 해도 좀도둑이 많아서 현금이나 패물이 많은 집에선 걱정이 많았다. 돈을 비닐봉지에 넣어 냉장고나 쓰레기통 같은 곳에 숨겨 놓다 보니 돈이 어디 있는지 기억하지 못하는 일이 적지 않았고, 가족이 쓰레기인 줄 알고 버리는 일도 왕왕 있었다.

그 아주머니 댁도 마찬가지였다. 1200만 원을 검은 비닐봉지 안에 넣고 꽁꽁 묶어서 쓰레기통에 넣어 놨는데, 그걸 모르는 시어머니가 새벽에 쓰레기통을 비우셨다고 했다. 그 사실을 안 부부는

아연실색했고, 쓰레기의 행방을 추적하다가 밤
1시에 매립지까지 오게 된 것이었다.

"아이고, 아주머니. 사정이 딱한 것은 알겠는데
요. 그 쓰레기차를 찾는다 하더라도 쓰레기는
벌써 땅에 묻히고 없을 거예요. 돈 봉투는 더더
욱 찾을 수도 없을 것이고요…."

아주머니는 거의 쓰러지기 일보 직전처럼 땅을 치
며 통곡했다.

"그 돈이 어떤 돈인데요. 먹을 거 못 먹어 가며
아끼고 모은 돈이에요. 제발요, 못 찾아도 좋으니
제발 한 번만 들어가서 볼 수 있게 해 주세요.
선생님!!!"

나는 아주머니가 이대로 돌아가시기라도 할까 걱

정이 돼 회사 차를 몰고 와서 매립현장으로 모셨다. 아주머니는 끝없이 광활한 매립지를 직접 보고 나서야 그 돈을 절대 찾을 수 없다는 사실을 깨닫고, 그 자리에서 실신하고 말았다. 아주머니는 아침 7시가 다 돼서야 겨우 기운을 차리고 귀가했다. 그때 매립지에 묻힌 1200만 원은 어떻게 됐을까?

유호영
2000년에 입사해서 현재 기반계획부장으로 근무하고 있다.

통근버스와 족발

김현성

초기에는 출퇴근용 버스가 두 대 있었다. 수도권 매립지 관리운영조합에서 운영하는 버스와 환경관리공단에서 운영하는 버스였다. 두 버스의 출퇴근 종착지는 서울의 당산역과 인천의 부평역이었다.

직장은 서쪽 바다와 맞닿은 곳인데, 그때 우리 집은 서울의 동쪽 끝인 중랑구 상봉동이었다. 내게 출퇴근 교통문제 해결은 월급만큼이나 절실한 문제였다. 통근버스를 타는 날은 다행이라고 한다면 설명이 될까. 주간근무를 해야 통근버스를 이용할 수 있었다. 야간근무를 하는 날이면 출근부터 고역이었다.

중랑구에서 출발해 부평역에 내려 30번 버스를 타고 지금의 백석고가교에서 근 3㎞를 걸어온 적도 많았다. 야간근무 후 퇴근할 땐 중랑구 폐기물 차량을 얻어 타기도 했다. 그때 운전기사님께 차비 겸 뇌물(?)로 컵라면이나 초코파이를 드리곤 했는데, 매번 야간근무가 끝나면 좀 태워 달라고 졸라 대는 젊은이에게 한없이 친절했던 중랑구 폐기물 차량 기사님은 지금 어떻게 지내시는지 궁금하다.

일이 문제가 아니라 출퇴근이 너무 힘들어서, 버스와 지하철과 길에서 내 청춘의 너무 많은 시간을 소모하는 것 같아 퇴사를 고민하던 시절이었다. 그런 나를 이곳에 붙잡아 둔 한 줄기 빛 같은 존재를 만났다. 바로 나의 아내다.

내가 아내를 만나 사랑에 빠진 장소가 바로 통근
버스였다. 지옥 같은 통근버스가 그녀를 만난 이
후 세상에서 가장 즐거운 곳으로 바뀌었다. 아내
는 당시 동대문구 전농동에 살았다. 나만큼 그녀
의 출퇴근길도 만만찮게 고단했을 것이다. 우리는
당산역까지 함께 통근버스를 타고 퇴근했다. 퇴근
을 준비하는 그녀에게 나는 슬쩍 다가가 "끝나고
뭐 해요?"라고 물었고, 그녀는 새침하게 "뭐 하는
지는 왜요?"라고 대답하곤 했다. 좋은 내색을 숨기
지도 못하면서 괜히 튕기는 모습이 어찌나 귀엽던
지…. 버스가 청량리역에 도달할 즈음 나는 다시
그녀에게 다가가 이렇게 말했다.

"배 안 고파요? 족발 드실래요?"

그녀는 내 제안에 못 이기는 척 "아, 네, 뭐, 그러
죠" 하며 따라나섰다.

족발로 첫 데이트에 성공했다면 이젠 레퍼토리를
좀 바꿔도 됐을 텐데, 그런 것엔 영 소질이 없는 사
람이어서 미안하게도 나는 아내에게 내리 족발만
계속 먹였다. 그래서 아내는 아직도 연애 시절을
생각하면 소주와 족발만 떠오른다고 한다.

족발을 먹다가 "뭐, 좀 재밌는 거 없어요?"라고 아
내가 새침하게 물어 오면 기껏 생각한다는 게 노
래방이었다. 지금 생각해 보면 이렇게 재미없는
남자한테 시집와 준 게 고마울 따름이다.

통근버스에서 만난 아내는 21년 동안 근무한
매립지공사를 떠나고 싶다고 선언했다. 아내의 선택
을 존중했지만 아내의 기량이 너무 아깝다는 생각

이 들었다. 아내는 환경관리공단 시험분석과를 거쳐 공사 기술지원분석처에서 실험 업무를 줄곧 해내던 인재였고, 진급도 앞두고 있었기 때문이다. 하지만 나는 아내의 선택을 묻지도 따지지도 않고 지지했다. 지금 아내는 명예퇴직 후 환경측정분석사 자격증을 취득하고 전공 분야에서 자신이 하고 싶은 일을 하며 즐겁게 지내고 있다. 아이들도 별 탈 없이 잘 자라서 큰애는 회사에 다니고, 둘째는 군에 입대해서 국방의 의무를 다하고 있다.

"여보, 뭐 해! 족발 앞에 놓고서 또 무슨 생각을 그렇게 해?"
"어? 어~ 족발은 참 먹어도~ 먹어도~ 안 지겹다는 생각!"

주간근무를 마치고 그녀와 함께 퇴근길 통근버스를 타는 날이면 세상이 그렇게 아름다울 수 없었다. 서쪽이어서 해 지는 풍경도 참 근사하게 느껴졌다. 내가 족발을 먹자고 말하면 그녀는 '또 족발이냐'고, '지겹지도 않냐'고, '다른 것 좀 먹자'고 깔깔거리며 웃겠지. 하루하루 흘러가는 청춘이 아까워서 당장이라도 어디론가 뛰쳐나가고 싶던 그때 나를 웃게 만들고 살아 가게 만든 그녀, 지금의 아내를 만나게 해 준 그때 그 시절의 통근버스가 정말이지 너무나도 고맙다.

김현성
2000년에 입사해서 현재 서울대학교 경영대학원에 교육 파견 중이다.

수도권 광역 음폐수 바이오 가스화시설

아빠는 쓰레기장,
엄마는 정신병원?

원종철

큰애 현지가 초등학교에 입학하고 얼마 지나지 않아 학교에서 아빠와 엄마가 하는 일에 대해 알아보라는 숙제를 받았다고 했다. 그동안 아이들이 어리기도 해서 나와 아내가 하는 일을 자세히 설명해준 적이 없었는데, 엄마 아빠가 무슨 일을 하는 사람들인지 이번 기회에 제대로 보여주고 싶었다.

유난히 날씨가 좋았던 날, 처음으로 아이들을 데리고 내 직장인 수도권매립지관리공사에 왔다. 잘 정리된 시설들, 예쁜 나무와 꽃들을 보며 아이들과 아내는 연방 놀라워했다. "우와, 여기가 아빠 회사예요? 되게 좋아요!"라는 큰아이 말에 어깨가 으쓱해지기도 했다.

나는 아이들에게 "쓰레기를 땅에 묻으면 고약한 냄새와 오염된 물이 나오는데, 그 공기와 물을 깨끗하게 바꾸는 일이 바로 아빠가 하는 일이야"라고 최대한 알기 쉽게 설명했다. 시커먼 침출수가 맑게 정화되는 처리 과정을 본 아이들은 "우리 아빠 대단해요!"라며 엄지를 곧추세웠고, "여기에 정말 쓰레기가 묻혀요? 쓰레기가 어디 있는데요?"라는 말엔 자부심도 높아졌다. '진작 좀 데리고 올걸' 하는 생각도 들었다. 아이들에게 칭찬을 들으니 그 어떤 칭찬보다 기분이 좋았다. 즐겁게 '아빠 직장' 투어를 마치고 영종도로 넘어가서 맛있는 점심도 먹었다.

집으로 돌아가는 길에는 아내가 일하는 병원에 들렀다. 아내는 대학을 졸업하자마자 경기도 의왕시에 있는 정신과 전문병원에서 15년 넘게 일하고 있다. 아이들은 엄마가 일하는 병원에 한 번도 와 본 적이 없었다. 마침 엄마 아빠가 하는 일을 탐구하는 숙제를 받았으니 하는 김에 제대로 하자는 생각에 아내가 일하는 병원으로 차를 몰았다.

휴일 오후의 병원은 면회객과 입원환자들로 북적였다. 정신병원 특성상 아이들을 데리고 내부까지 볼 수 없어 병원 밖에서 엄마가 이곳에서 하는 일을 간단히 알려주고, 백운호수 맛집을 찾아 저녁까지 먹은 후 기분 좋게 집으로 돌아왔다.

사건은 며칠 후 벌어졌다. 이보다 앞서 큰애 학교 담임선생님이 학교에 방문해 달라는 내용의 가정통신문을 보냈기에 애들 엄마가 소액의 상품권을 하나 준비해서 선생님께 드렸었는데, 선생님이 이렇게 말씀하시며 거절하시더란다.

"어머니, 현지가 가정 형편이 참 어려운 데도 정말 씩씩하고 밝게 학교 생활을 잘하고 있어요. 이 상품권은 현지를 위해 써 주시면 좋겠어요."

이게 무슨 말인가 싶어 내막을 알아보니, 큰애가 그때 부모님 하시는 일을 적는 종이에 '아빠는 쓰레기장, 엄마는 정신병원'이라고 썼기 때문이란다. 선생님은 그것을 보고 우리 집 형편이 몹시 어려울 것으로 생각한 것이었다. "아빠, 회사 이름 바꾸면 안 돼"라고 묻는 여덟 살 현지에게 "그건 아빠 마음대로 할 수 있는 일이 아니라서 말이지"라고 말할 수밖에 없었다.

"사장님! 회사 이름 어떻게 좀 안 되겠습니까?"

원종철
2000년에 입사해서 현재 자원사업본부장으로 근무하고 있다.

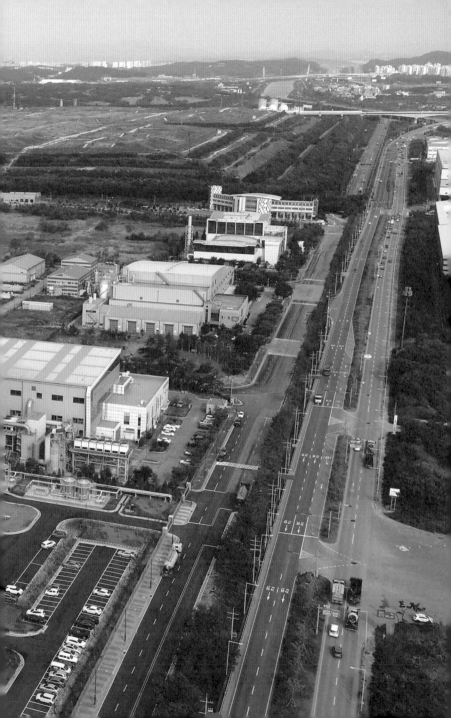

한여름 밤의 추억

한정수

'이 비에 괜찮을까….'

장맛비가 연일 내리던 여름 밤, 부서에서 관리하는 현장 걱정으로 잠이 쉽게 오지 않았다. 내가 팀장 대행이어서 신경이 더 쓰였다. 우리 부서는 골프장으로 바뀐 제1매립장의 안정화 공사와 야생화 공원 조성 공사를 담당했다. 안정화 공사는 쓰레기 매립이 끝나면 빗물이 들어가지 않도록 차단하고, 쓰레기가 썩으면서 나오는 매립가스의 방출을 막는 작업을 말한다. 대부분 흙으로 하는 공사여서 장마철에는 어려움이 많았다.

며칠째 내리던 비는 밤이 깊어지면서 장대비로 변했다. 서둘러 옷을 챙겨 입고 매립지로 향했다. 제1매립장에 도착해서 차량 헤드라이트로 이곳 저곳을 살폈다. 다행히 큰 피해는 없어 보였다. 시간은 밤 12시를 지나고 있었다.

   '괜히 왔나⋯.'

일산에서 여기까지 온 것이 갑자기 후회됐다. 차를 돌려 방향을 바꾸는데 '어, 왜 이러지⋯.' 긴장한 탓인지 순간 몸이 말을 듣지 않았다. 칠흑같이 어두운 밤에 빗소리는 왜 그렇게 크게 들리던지.

간신히 차를 돌려서 도로까지 내려왔다. 야생화

공원으로 가? 말아? 망설이면서도 차는 이미 공원 쪽으로 향하고 있었다. 침수 상태를 살펴보기 위해 현장 가까이 다가가는 순간 바퀴 한 쪽이 도랑에 빠지고 말았다. 내 힘으로 어찌할 수 있는 상황이 아니었다. 현장에 달려온 시공회사 직원의 차를 타고 집에 돌아왔다.

수도권매립지관리공사에서 18년을 일하면서 잊지 못할 추억이 많지만 비가 많이 내리는 날이면 2003년 여름밤이 생각난다.

한정수
2000년에 입사해서 2018년 12월에 퇴직해 현재 그린에너지개발(주)에서 일하고 있다.

비에 젖은 업무수첩

김영준

2000년 7월 22일 아침, 내 차에는 간밤 노동의 결과물이 고스란히 실려 있었다. 새벽부터 시작된 빗줄기는 날이 밝자 더 거세졌다. 출근길 라디오에서는 강화 지역에 평균 600밀리 이상의 집중호우가 쏟아진다는 예보가 흘러나왔다. 겨우겨우 운전해서 연구단지 입구에 도착할 즈음, 차바퀴가 웅덩이에 빠지더니 움직이질 않았다.

'큰일이다. 이를 어쩌나.'

마음은 급한데 승용차가 내 마음대로 움직이지 않았다. 순간 나 때문에 창립 행사를 망칠 수도 있겠다는 불안감이 엄습했다. 바지 주머니, 서류가방, 차 안 구석구석을 뒤지며 휴대폰을 찾았지만 어디에도 보이질 않았다. 지난밤 복사기 옆에 놓고 온 걸 깜빡 잊고 있었던 것이다. 이대로 빗속에 고립되는 것은 아닌가 하는 걱정이 밀려들었다.

웅덩이에서 여러 차례 공회전을 하고 나서야 겨우 빠져나왔다. 오전 10시가 다 돼 행사장에 도착했다. 이번에는 주차할 공간이 없었다. 어렵게 가까운 건물 주차장에 주차하고 나서 안도의 한숨을 내쉬었다.

그러나 그것도 잠시, 서류가방을 메고 복사물 박스 두 통을 양팔로 안고서 팔과 목 사이에 우산을 끼워 썼지만, 퍼붓듯 쏟아져 내리는 비에는 속수

무책이었다. 옷과 신발이며 복사물 박스 모두 젖은 채 연구소 뒤편 계단에 이르렀을 때, 모서리에 걸리는 바람에 넘어져서 발목까지 삐었다. 순간 공사 출범에 불길한 징조는 아닌지 두려움이 밀려왔다. 발목 통증은 느낄 겨를도 없었다. 다행히 이 사회와 창립 행사는 큰 문제 없이 마쳤다.

당시 업무수첩을 꺼내 보니 그날의 기억이 되살아난다.

수도권매립지관리공사가 출범한 지 22년이 됐다. 장마 때만 되면 빗속을 뚫고 창립 행사장에 도착하던 그때가 생각난다. 그날 이후 발목을 자주 접질리는 징크스도 생겼다.

김영준
1992년에 환경공단 수도권매립사업본부에서 시작해
현재 드림파크본부장으로 근무하고 있다.

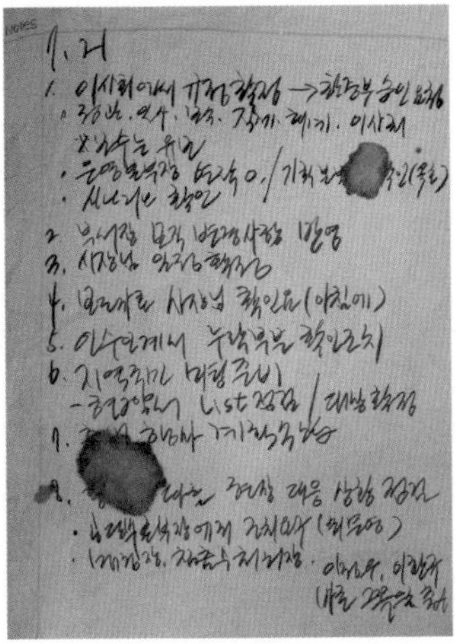

내 썰매
텔레비전에 나왔어!

구자한

겨울만 되면 '최고 한파' 운운하는데, 나는 그런 뉴스를 들을 때마다 조금 코웃음이 난다. '강도 얼지 않았는데 최고 한파는 무슨…. 우리 땐 말이야, 겨울마다 강이 얼어붙어서 거기서 강태공들이 얼음낚시도 하고, 동네 아이들이고 어른이고 죄다 몰려와서 스케이트도 타고 썰매도 타고 그랬다고. 그 썰매장 누가 만든 줄 알아? 그거 다 내가 한 거라고. 어 어, 못 믿네?' 하는 심정이다.

공사에 입사해 발령받은 부서는 주민협력처 주민

지원팀이었다. 그해 겨울 우리 부서에서는 '대민 복지 증진'의 일환으로, 지금은 빗물저류조로 쓰고 있는 음식물폐수처리장 앞 저류지에 스케이트장 개설을 추진했다. 소수의 사람만 탈 수 있는 스케이트 대신 많은 사람들이 함께 즐길 수 있는 썰매장을 만들자는 의견이 나왔고, 대부분 동의했다. 그러나 문제가 있었다.

"그런데 썰매랑 썰매장은 어떻게 만들죠?"
"어떻게 만드냐니? 우리가 만들어야지."
"네에?"

지금이야 썰매는 사 오면 되고 썰매장 조성은 외주 업체에 맡기면 될 일이지만, 그때 우리는 썰매도 직접 만들고 썰매장도 우리 손으로 꾸몄다. 직원이 10명 남짓인 작은 부서였기에 부장부터 신입사원까지 썰매장 준비에 매달렸다. 제재소에서 합판을 잘라 오고, 철물점에서 굵은 철사와 못을 사 와서 썰매를 100여 개나 만들었다.

썰매장도 그럴듯하게 만들려고 무지하게 공들였다. 아이들이 좋아할 만한 만국기를 사다가 매달아 놓고, 얼음도 고르게 얼어야 하니 호스와 수중 펌프를 빌려다가 매일 오후 물을 뿌리며 빙질을 고르게 했다. 우리끼리 뚝딱거리는 게 기특했는지 다른 부서에서도 도움을 주겠다고 나섰다. 어떤 부서에서는 질퍽한 썰매장 입구를 흙으로 고르게 다져 주고, 방송장비를 비롯해 이동용 책상과 캐비닛 등 썰매장 운영에 필요한 각종 사무용품도 지원했다.

밤낮 가리지 않고 썰매와 썰매장 만들기에 애쓴 덕에, 우리는 예정된 날에 무사히 썰매장을 개장할 수 있었다. 썰매 대여 비용은 1000원. 그해부터

2007년까지 매립지 얼음썰매장은 겨울이 되면 지역 주민들이 찾아오는 인기 장소가 됐다. KBS 'VJ특공대'에 소개되기도 했다. TV에 썰매가 한 번씩 비칠 때마다 얼마나 뿌듯했는지 모른다.

"엄마! 빨리 와서 이것 좀 봐. 저 썰매 내가 만든 거야!"

이제는 강이 잘 얼지도 않고, 언다 한들 그 기간이 짧아 안전상 이유로 매립지 썰매장을 운영할 수 없게 됐다. 지금 매립지엔 아주 근사하고 훌륭한 수영장·승마장·골프장 등이 들어서 주민들의 삶의 질을 높이고 있지만, 겨울이 되면 가끔 우리 손으로 직접 만들어서 조금은 어설펐어도 사람 사는 맛 나던 그때 그 썰매장이 그립다.

구자한
2004년에 입사해서 현재 노동조합에서 근무하고 있다.

주민투표로 탄생한
수도권매립지관리공사

이기호

수도권매립지 30년, 참 많은 일들이 있었고 기억이 새롭다.

1992년 2월 10일부터 쓰레기를 반입하기 시작하니까 난지도에서 쓰레기를 주워 생활하던 이들이 수도권매립지에 와서 일하려고 했다. 이를 못하게 하니까 정문 앞 초소에 타이어를 쌓아 놓고 불을 지르고, 쓰레기 차량을 막고…. 정말 대단했다. 쓰레기가 야간에도 들어오던 때였다. 밤에는 동물

사체, 병원에서 버리는 쓰레기도 많이 들어왔다. 지금은 말도 안 되는 일이지만 그때는 그랬다. 난지도 사람들 중에는 넝마주이뿐만 아니라 상이군인도 있었다. 손에 쇠갈퀴를 끼고 있어서 보기에도 무시무시했다. 공무원들은 이 사람들을 막지 못했다. 불법 쓰레기 반입을 감시하는 주민들이 이들을 상대했다.

"난지도와 달라서 쓰레기가 들어오면 악취 때문에 바로 흙으로 덮는다. 당신들이 일하면 악취와 파리 때문에 우리 주민들이 피해를 봐서 안 된다."

설득도 하고 몸싸움도 하면서 막았지만 금방 물러나지 않았다. 공무원들이 얘기해도 소용이 없었다. 주민들이 끝까지 안 된다고 버티니 그제야 물러났다. 공무원들이 못 한 일을 주민들이 해낸 셈이다.

초창기에는 쓰레기 냄새 때문에 엄청 고생을 했다. 음식물쓰레기까지 들어오면서 여름에는 파리와 모기, 특히 파리가 엄청났다. 식당에서는 파리를 잡느라고 난리도 아니었다. 수도권매립지의 영향권은 검단면 전체였다. 심할 경우 김포읍에까지 냄새가 퍼졌다.

처음에는 서울시, 인천시, 경기도가 공동으로 운영관리조합을 설립해서 운영했다. 1995년에 행정구역이 김포에서 인천으로 넘어가면서 수도권매립지로 바뀌었지만, 조합에서 일하는 공무원들의 매립지 관리는 여전히 문제가 많았다. 특히 침출수처리장의 저류조는 열악하기 그지없었다. 용량이 부족해서 비만 내리면 이내 시커먼 물과 슬러지가 넘쳐흘렀다. 임시 대책으로 3개 시·도 하수처리장으로 퍼 날랐지만 비가 많이 오면 다시 가득 찼다. 비가 그치고 햇빛이 나면 간장 졸이는 것 같은 심한 냄새가 사방으로 퍼졌다.

이런 과정을 거치면서 1999년에 매립지 운영 방식을 두고 주민들 간에 의견이 갈렸다. 3개 시·도 공무원들이 조합 형태로 운영하면서 많은 문제가 드러났는데 조합 방식으로 계속할 거냐, 독립기관인 환경부 산하 공사로 바꿀 것이냐가 논란거리였다. 인천 지방공사 이야기도 나왔다. 그런데 인천시가 반대했다. 주민들이 요청했지만 혐오시설이어서 받지 않겠다는 거였다. 후회 없는 결정을 위해 서울대 김정욱 교수 등 여러 전문가에게 자문했다. 전문가들의 의견은 '3개 시·도 공무원들이 운영하면 주민들이 원하는 사업은 다 된다. 공사가 돼 국가가 관리하면 매립지가 안정적으로 관리된다'였다. 전문가들의 의견은 간단하고 명료했지만 주민들 입장에선 간단치가 않았다. 주민대책위의 입장은 국가공사로 전환해서 매립지를 안정적으로 관리하자는 쪽이었다. 남은 숙제는 국가공사를 반대하는 주민들을 설득하는 일이었다. 쉽지 않았다. 설득 과정에서 오해도 많았다.

조합은 주민들의 공사 설립 요구를 주민지원 사업으로 무마하려고 했다. 그 돈은 매립지 기반시설에 써야 할 자금이라는 건 조금만 생각해 보면 알 수 있는 일이었다. 그러나 주민들 입장에서는 당장 '이거 해 준다, 저거 해 준다'는 달콤한 말들을 뿌리치기 어려웠던 것도 사실이었다. 하지만 공사가 돼 국가가 관리하면 후손들에게 물려줄 안정적 관리가 된다는 김 교수의 의견에 전적으로 동의했고, 몇몇 이들의 도움을 받아 반대하는 주민들을 이해시켜 나갔다. 결국 주민투표까지 갔다. 돈 앞에 장사 없다는데 우리 주민들은 돈보다 잘 관리되는 매립지를 선택했다. 잘한 일이었다. 2000년에 국가공사로 됐다. 만약 주민들이 국가공사를 반대했다면 또다시 많은 시간이 걸렸을 것이다. 무엇보다 주민들의 옳은 결정으로 지금 이렇게 위생적으로 매립할 수 있게 됐다는 생각에 가슴이 뿌듯하다.

요즘 들어 공사를 인천으로 이관하라는 말이 많다. 주민들이 악취와 싸울 때는 혐오시설이라면서 가져가라 해도 가져가지 않겠다고 한 인천시였다. 오랜 시간 주민들이 노력해서 안정적으로 잘 관리해 놓으니까 이제 와서 가져가겠다고 하니 착잡한 심정을 감출 수 없다.

야간 반입을 중단하고 주간에만 반입하려 할 때도 주민들의 의견은 팽팽했다. 1992년부터 야간에도 받던 쓰레기를 2000년 7월 공사 설립 이후에는 주간에만 받겠다는 것이었다. 주야간 모두 받으면 차량이 분산되는 장점이 있지만, 야간에 들

어온 쓰레기는 이튿날 날이 밝고 흙으로 덮을 때까
지 악취가 심하다는 단점도 있었다. 주민대책위는
주간에만 받는 것으로 의견을 모으고 반대하는
주민들을 설득해 나갔다. 주민투표 결과 주간에
만 받고 밤 10시까지 흙 덮기를 마치는 위생매립
을 택했다.

인천시에서 수도권매립지 주변지역 환경조사를 했
다. 언론을 통해 결과가 보도됐다. 수도권매립지가
아니라 매립지 주변의 아스콘 공장 등이 환경 피
해를 일으키는 원인으로 지목됐다. 인천시는 매립
지가 있어서 주변에 관련시설을 허가했다는 입장
이다. 매립지를 혐오시설로 여기고 환경오염 시설
을 허가했다는 의미로 읽힌다. 초창기는 그랬지만
주민과 공사의 노력으로 수도권매립지는 이제 본
궤도에 올라서 있다. 실제로 매립지에서 악취가
난다는 민원은 거의 없다.

난지도 매립지가 있는 상암동은 어떤가? 매립지 주변은 공원과 아파트 단지로 변했다. 수도권매립지 주변처럼 아스콘 공장 같은 오염시설이 애초에 없었기 때문에 가능했던 변화다.

앞으로가 더 중요하다. 우리 수도권매립지도 불연성 쓰레기와 소각재만 매립하는 방향으로 가야 한다. 수도권매립지는 환경부, 3개 시·도와 공사, 주민이 오랜 시간 함께 일군 소중한 자산이다. 우리뿐만 아니라 자식들에게도 부끄럽지 않게 넘겨줘야 한다. 지난 30년, 중요한 순간에 우리가 지켜 온 기준은 '위생매립지'였다. 앞으로도 그럴 것이다.

이기호
수도권매립지관리공사 주민대표 운영위원으로 활동 중이며,
2022년 환경의날 기념 국민포장을 받았다.

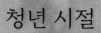

청년 시절

고진감래

이화균

한번 터진 악취 민원은 수그러들지 않았다. 2011년 매립장에 쏟아졌던 따가운 시선은 이듬해 봄에 슬러지 고화처리시설로 옮겨 갔다. 이곳에서는 하루 1500톤의 하수슬러지를 시멘트·석탄재와 혼합해서 건조한 뒤 매립했다. 하수슬러지와 시멘트를 섞으면 악취가 났지만 사용할 수밖에 없었고, 비용 문제로 악취방지시설 설치도 당장은 어려웠다. 아침에 출근하면 직원들은 코부터 막았다. 정말 숨 쉬기가 힘들었다.

냄새가 더 심해져서 고화처리물은 매립장으로 가지 못하고 창고에 가득 쌓인 채 시설 운영이 중단됐다. 더는 비용문제로 악취방지시설을 미룰 수 없었다. 해결방안을 찾으려고 백방으로 뛰어다녔다. 사장실에서 '이산화염소를 사용해 악취 잡는 방안을 검토하라'는 지시가 내려왔다. 사례 조사를 위해 경기도 화성의 양계장과 인천 연안부두 해양투기업체를 방문했다. 업체 관계자들은 입을 모아 "이산화염소가 악취를 줄이는 효과가 있는지 확인되지 않았고, 무엇보다 작업자 눈과 호흡기에 좋지 않다"라고 말했다.

조사한 내용을 보고하자 질책이 돌아왔다. 성화에 못 이겨 급하게 이산화염소 발생기 4대를 구매해서 설치했다. 보관장 공간의 탈취를 시작하자 근무자들이 '도저히 숨을 쉴 수 없고, 목과 눈이 따갑다'고 호소했다. 산소마스크를 착용하고 작업했지만 역부족이었다. 악취 잡기 전에 사람 먼저 잡겠다는 생각이 들어 사용을 중단했다.

여름이 되고 악취가 심해지자 사장은 업무 태만이라며 다그쳤고, 결국 인사위원회가 소집돼 직위해제 징계를 받았다. 그 와중에도 악취는 계속 발생했다. 이번에는 협력사를 설득해서 건물 벽의 틈새를 막아 보자고 제안했다. 실리콘 수십 박스를 들고서 사다리를 타고 15m 고화처리시설 지붕 위로 올라갔다. 낙후된 플라스틱 지붕은 금세 부서질 거 같아서 오금이 저려 왔다. 35도에 육박하는 한낮의 열기는 뜨겁게 달아올랐다. 무더위와 싸우며 며칠을 뙤약볕 아래서 틈새들을 메웠다. 악취가 조금은 약해진 듯했지만 뜻대로 되지 않았다. 다시 밤을 새워 자료를 찾고, 마라톤 회의 끝에 폐수 발생량을 줄이는 쪽으로 의견을 모았다.

사장은 이번에도 반대했다. 내 머릿속에는 악취 방지시설을 하루라도 빨리 설치해야겠다는 생각뿐이었다. 직원들의 시선이 내게로 쏠렸다. 복잡한 마음을 다독이며 시설 설계에만 집중했다. 설계가 끝나자마자 구조물을 설치하고 필요한 약품을 가득 채워 시운전을 준비했다. 마침내 시운전 당일, 떨리는 마음으로 탈취탑 위에 올라가 배기가스에 코를 댔다. 약간의 약품 냄새와 고화물 특유의 냄새가 희미하게 났다. 지난 몇 개월간 고생했던 시간이 파노라마처럼 스쳐 지나갔다. 다른 직원들도 올라와서 냄새를 맡아 보도록 했다. 다들 이 정도면 됐다고 축하하며 서로를 위로했다. 성능검증을 마치고, 구청의 준공검사도 무사히 통과했다.

며칠 뒤 사장으로부터 함께 식사하자는 연락이 왔다. 50여 일간의 직위해제 징계가 풀리는 순간이

었다. 고생 끝에 낙이 온다는 '고진감래'는 우리 딸
과 아들에게 물려주는 사자성어가 됐다.

이화균
2000년에 입사해서 현재 대외홍보처장으로 근무하고 있다.

매립장의 온기

서원효

그날도 평범한 하루였다. 사무실 전화벨이 울려서 받아보니 매립가스 발전소를 운영하는 협력사에서 온 전화였다. 발전소 터빈으로 공급되는 가스 이송 밸브를 빨리 잠가야 한다는 내용이었다. 즉각 선배에게 보고하니, 선배는 "그게 무슨 소리야. 밸브를 잠그면 발전소 근처에 악취가 발생하잖아"라며 화를 냈다. 나는 단지 통화 내용을 전했을 뿐인데 혼이 났다. 협력사에 전화해서 밸브를 닫으면 악취가 심해져 민원이 들어올 거라고 말했지만, 협력사 직원은 안전을 위해 밸브 일부만 열고 나머지는 닫아야 한다며 물러서질 않았다.

2년 전 수도권매립지에서 발생한 대규모 악취 때문에 매립가스 이송관로를 모두 교체한 뒤였다. 이로 인해 매립가스 흡입량은 많아졌지만 흡입력이 강해져서 공기가 함께 흡입되는 탓에 산소 농도가 높아졌다. 산소 농도가 높아지면 매립가스 터빈이 폭발할 위험성이 높아진다. 이런 상황에서 협력사에서는 밸브를 잠그길 원했고, 악취 발생을 막아야 하는 공사로서는 밸브를 열길 원했다.

밸브를 열 것인가, 닫을 것인가? 협력사와 회사의 신경전 속에 나는 '낀 새우'가 됐다. 지금 생각하면 잘 넘어갈 수 있는 일이었는데, 그때는 집에 있는 가스밸브만 봐도 스트레스를 받았다. 문제를 해결하려고 논문과 해외자료를 찾는 등 늦은 시간까지 야근하며 자료에 파묻혀 지냈다.

회사도 비상이었다. 수차례 회의 끝에 산소 농도의 증가 원인을 두어 가지로 추정하고, 매립 쓰레기 상태를 육안으로 확인하기 위해 매립장에 구멍을 뚫기로 결정했다. 매립장을 뚫는 작업은 제2매립장 가동 이래 처음 있는 일로, 양측의 팽팽한 입장을 중재할 답안을 찾기 위한 결단이었다. 많은 사람이 참관을 위해 매립장에 올라왔다. 계절별 특성을 파악하기 위해 4곳의 위치를 정하고, 1m 단위로 차례차례 구멍을 뚫고 내려갔다. 지하 4m와 지하 8m 깊이에서 쓰레기 부패 상태와 수분을 머금은 비율, 내부 온도 등을 체크했다. 또 구멍이 뚫린 곳에는 비닐로 덮어서 흡입력을 확인했다. 옥신각신하던 문제는 해결됐고, 답은 역시 현장에 있었다.

그날, 현장에서 특별한 경험을 했다. 그런 기분은

처음이었다. 뚫린 구멍 위에 덮은 비닐에다 손을 올린 순간, 폐기물이 분해되면서 발생한 열로 인해 따뜻한 온기가 손 전체로 퍼졌다. 한동안 아무 말 없이 손에 닿은 온기를 느꼈다. 살면서 폐기물이 썩을 때 나오는 온기를 느껴 본 사람이 몇이나 있을까. 함께 온 선배가 말했다.

"사람들은 매립지를 더럽다고만 생각하는데 여기에도 따뜻함이 있지 않냐?"

안도현의 시가 떠올랐다.

"연탄재 함부로 발로 차지 마라.
너는 누구에게 한 번이라도 뜨거운 사람이었느냐."

서원효
2012년에 입사해 현재 인재경영부에서 근무하고 있다.

뒷일은 내가 책임질게

이준우

입사해서 처음 발령받은 곳이 침출수처리장이었
다. 쓰레기가 썩어서 발생하는 고농도 폐기물인
침출수를 환경 기준 이하로 처리해 방류하는 곳
이다. 일하다 보니 새로운 기술을 적용해 보고 싶
은 욕심이 생겼다. 폐수 발생량은 갈수록 늘어나
고 독성도 강해지는데, 이걸 더 효율적으로 처리
할 수 있는 방법은 없는지 고민했다. 미생물 처리
조에 운전 조건을 달리해서 효율을 높이는 실험을
해보고 싶었는데, 의외로 걸림돌이 많았다.

새로운 기술을 시도하려면 많은 양의 문헌 조사, 사례 연구, 충분한 실험을 통해 데이터를 분석해야 한다. 시행착오를 견딜 각오도 해야 한다. 이 과정이 짧게는 6개월, 길게는 1년이 걸린다. 새로운 기술을 현장에 적용하더라도 효과가 바로 나타나는 것이 아니어서 사후관리도 필요하다. 처리장은 연구소가 아니어서 연구비 지원도 충분하지 않고, 본업인 처리 업무를 우선해야 했다. 막상 시작하려고 하니 '잘 안 되면 어떡하지' '문제가 생기면 어떡하지' 등 여러 걱정이 앞섰다. 그때 한 선배가 이렇게 말했다.

"하고 싶은 거 다 해 봐. 뒷일은 내가 책임질게."

이 말 한마디에 용기가 생겨 실험에 착수했다. 실험 중 어려움이 생겨도 낙담하거나 실망하지 않았다. '뒷일'을 책임지겠다는 선배의 약속을 믿었기 때문이다. 우리는 무사히 실험에 성공해서 공정을 개선할 수 있었다.

나도 언젠가 후배들에게 "하고 싶은 거 다 해 봐. 뒷일은 내가 책임질게!"라고 말할 수 있는 선배가 되고 싶다.

이준우
2013년에 입사해 현재 맑은환경부에서 근무하고 있다.

에코스타 프로젝트

심낙종

"만세! 만세! 만세!"

수도권매립지관리공사가 2008년부터 6년간 참여한 에코스타 프로젝트의 성공을 자축하는 소리다.

에코스타 프로젝트는 환경부가 진행한 국책연구 사업이다. 공사는 '폐자원 에너지화 및 온실가스 감축 사업'에 참여해 매립가스, 건설폐기물, 음식물폐수, 가연성폐기물 분야 등 모두 8개 과제에 참

여했다. 그중 2개 과제는 주관기관으로서 도맡아
했다.

규모가 큰 프로젝트여서 어려움이 많았지만 특히
악취 때문에 힘들었다. 연구시설 안에서 매립가
스를 측정하다 보면 그 냄새에 취해 정신이 몽롱
해진다. 매립가스의 악취 물질인 황화수소를 많이
마시면 정신을 잃을 수도 있다. 심할 때는 방독마
스크를 쓰고 일했다.

그러다 몰래 연구시설 주변 악취 농도를 측정하던
용역 업체 직원들과 승강이가 벌어졌다. 연구시설
의 안전과 건강을 위해 악취를 측정하는 건 고맙
지만, 미리 말하고 측정하면 누가 뭐라고 하나.
도둑 잡는 경찰처럼 몰래 와서 측정하니 마치 죄인
취급을 받는 느낌이었다. 법이 정한 악취 측정 방
법에는 몰래 하라는 규정도 있었나 보다. 아무튼

그 덕분에 악취가 발생하는 펌프 주변에 포집 설비와 방지 시설을 설치해서 악취의 고통으로부터 벗어날 수 있었다.

악취를 무릅쓰고 에코스타 프로젝트를 성공적으로 마쳤다는 사실에 가슴이 뿌듯했다. 앞으로 그 어떤 프로젝트도 잘해 낼 자신감이 생겼다.

심낙종
2000년에 입사해서 현재 홍보부장으로 근무하고 있다.

지뢰 소동

정용현

"헉…, 지뢰다. 부장님, 폭발물처리반을 불러야
할 것 같습니다!"

부서원들과 함께 제2매립장을 순찰하고 있는데
매립지에 있어선 안 될 '그것'이 눈에 띄었다. 뭔가
싶어 자세히 들여다봤다. 지뢰 같았다. 아니, 분명
히 지뢰였다.

공병으로 군복무를 하면서 지뢰 지대를 만들고 지

뢰 제거 작전까지 수행한 나는 그것이 지뢰임을
의심치 않았다.

'이건 북한의 목함지뢰 내부와 모양이 동일하다!'

당장 폭발물처리반을 불러야 한다고 재촉했다.
선배들은 내 말에 긴가민가하면서 우선 경찰부터
부르자고 했다. 신고를 받은 경찰이 와서 현장을
수색했다.

'이게 정말 지뢰면 어떡하나?' '이런 게 왜 여기에?'
'뉴스에 나오는 건 아니겠지?' 등등 속으로 별의별
생각이 다 들었다.

그때 마침 현장을 지나가던 협력사의 작업반장이
다가왔다. 작업반장은 뜬금없이 무슨 지뢰냐는 얼
굴로 '그것'을 손으로 덥석 들어 올려서 이리저리

살펴봤다. 그리고 남긴 한마디.

"이거 자동차 베어링 삭은 겁니다."

머쓱해진 나는 그 자리에서 스마트폰으로 베어링 이미지를 검색했다. 내가 지뢰라고 호들갑을 떨었던 그것과 정확히 일치했다. 바쁘신 분들을 붙잡고 내가 뭘 한 것인가. 민망함과 죄송함이 몰려들었다. 내가 어쩔 줄 몰라 하자 경찰관이 오히려 격려해 줬다.

"경찰 생활 30년에 이런 신고는 처음이네! 젊은 친구가 신고 정신이 투철해서 보기 좋습니다!"

선배는 "사업장 폐기물에 섞여서 묻혀 있다가 드러난 모양"이라며 내 어깨를 두드려 주는데, 얼굴이 빨개져서 고개를 들 수가 없었다.

"그것은 지뢰가 아닙니다. 베어링입니다!"

정용현
2016년에 입사해 현재 계약회계부에서 근무하고 있다.

제설의 신들

홍석우

매립지에 함박눈이 흠뻑 내렸다. 눈이 많이 올 거라는 기상청 예보를 듣고 출근을 서두른 덕에 평소보다 일찍 회사에 도착했다. 12월 1일 자로 입사했는데 마치 내 출근을 축하하는 것처럼 보였다. 함박눈의 축복을 만끽하고 기분 좋게 사무실로 들어와서 컴퓨터를 켜는데, 갑자기 이게 무슨 소리!

"알립니다. 10분 뒤 제설작업이 있으니 전 직원

은 밖으로 나와 주시기 바랍니다."

군 시절로 되돌아간 기분이었다. 치우면 치운 만큼 눈이 쌓이는 탓에 도무지 한 발짝도 전진할 수 없었던 그 시절 말이다. 2010년 제대 후 눈만 보면 진절머리가 났는데, 그 일을 또다시 하다니!

'그래, 어디 한번 해보자'는 심정으로 사무실 밖으로 나섰다. 동료들은 엉거주춤 서서 내리는 눈을 하염없이 바라보고 있었다. 그러나 선배들은 달랐다. 제설용 넉가래를 들고 일렬횡대로 서 있는 모습에 순간 숙연해지기까지 했다. 눈보라가 아무리 휘몰아쳐도 선배들은 재빠르게 쌓인 눈들을 치워냈다.

도대체 이게 어떻게 가능한 일인가? 점심시간이 돼서야 궁금증이 풀렸다. 선배들은 매년 겨울 이런 제설작업을 해 왔고, 이젠 말하지 않아도 어떻게 하면 눈을 빨리 치울 수 있는지를 몸이 기억하는 경지에 이른 것이다. '제설의 신(神)'들이 앞에서 "영차!" 하고 눈을 밀고 나가면 우리 후배들이 "어여차!" 하고 뒤따라 붙으며, 전진 또 전진한 덕에 그날의 제설작전은 대성공이었다!

홍석우
2017년에 입사해 현재 폐자원시설부에서 근무하고 있다.

매립지에 고라니가?

김찬돈/박원선

"여기에도 고라니가 삽니까?"

인천 서구 소방서 119 대원이 옆에 있던 나에게 물었다. 나는 그 질문이 묘하게 기뻤다.

제법 쌀쌀한 날씨였다. 드림파크 골프장 연못에 물을 마시러 온 고라니가 발을 헛디뎌 연못에 빠져 허우적대는 걸 캐디가 발견하고 신고해서 119 소방대원들이 출동했다. 고라니를 구조해서 데려

가던 소방대원은 눈으로 보면서도 믿기지 않는다는 표정이었다.

10년 전이나 지금이나 매립지는 야생동물들의 천국이다. 매립지 주변 연못과 하천에는 청둥오리, 민물가마우지, 해오라기, 황조롱이, 뻐꾸기 등 각종 철새가 계절마다 잊지 않고 찾아온다. 제1·2매립장 제방과 골프장, 외곽수림대 등에는 고라니뿐만 아니라 삵과 너구리도 서식한다.

매립지 초기 모습을 기억하는 사람이라면 지금의 변화가 놀랍게 느껴질 것이다. 바다를 메워 만든 간척지에 세워진 황량한 쓰레기 언덕. 흙먼지와 악취, 하루가 멀다 하고 매일같이 들려오던 지역 주민들의 "매립지 때문에 못 살겠다!"는 시위 소리….
그래도 사람이 살 만한 곳으로 만들겠다고 나무를 심어 숲을 조성하기 시작했다. 자연이 살아 숨 쉬는 곳에선 사람도 함께 살 수 있으니까.

그런데 힘들게 심은 나무들이 쓰레기에서 나오는 매립가스, 거센 해풍의 영향으로 심어 놓기 무섭게 죽어 버렸다. 주변 흙은 검게 변해 갔고, 뿌리가 있던 자리에선 역한 냄새가 났다. 썩은 나무를 뽑아내고, 새로운 흙으로 객토한 뒤 다시 심기를 여러 번…. 마침내 고라니와 삵이 사는 숲이 생기고, 연간 30만 명이 넘는 시민들이 야생화공원을 찾고 있다. 이제 야생화공원과 골프장에 표지판을 하나 만들어야겠다.

'야생동물이 살고 있습니다. 고라니를 만나도 놀라지 마세요'라고….

김찬돈
2004년에 입사해 현재 홍보부에서 근무하고 있다.
박원선
2009년부터 드림파크문화재단에서 근무하고 있다.

물고기 구출 작전

전춘택

제3-1매립장 부지에는 군데군데 웅덩이가 많았다. 대충 50개가 넘었다. 쓰레기를 매립하려면 이 웅덩이부터 해결해야 했다. 양수기로 물을 퍼내 수심이 얕아지니 팔뚝 굵기만한 물고기들이 보였다. 다른 웅덩이들도 그런가 싶어 보니 마찬가지 상황이었다. 수백 마리는 돼 보였다.

참 희한한 일이었다. 외부와 단절된 땅인데, 물길도 없는 곳에서 이렇게 많은 물고기가 살고 있다

니. 알아보니 야생조류의 몸에 물고기 알이 묻어
와 웅덩이에서 부화하기도 한다고 한다.

이 물고기들을 어떻게 할 것인지 고민이 시작됐다.
공사는 지체없이 진행해야 하는데, 펄떡이는 생명
을 무시할 수도 없었다. 고민 끝에 물고기들을 구출
해서 방생하기로 했다. 덤프트럭에 물 반, 고기 반
이 되도록 실어서 인근 안암호로 옮겨 주었다. 좁은
웅덩이에서 퍼덕거리던 녀석들이 큰물에서 자유롭
게 헤엄치는 모습을 보니 마음이 편안해졌다.

방생한 물고기는 나중에 그 은혜를 갚는다고 하는
데, 매립지가 안정적으로 운영되고 주민들이 행복
하게 살 수 있도록 도와주었으면 좋겠다.

전춘택
2009년에 입사해 현재 기술지원부에서 근무하고 있다.

국화의 때,
양귀비의 때

강성칠

국화는 가을이 되면 저절로 피는 꽃이 아니다. 기온과 강우 영향을 크게 받는다. 여름에 비가 많이 내리면 봄에 심은 국화 뿌리는 썩는다. 여름을 무사히 보내면 장마보다 무서운 서리가 국화를 기다린다. 이른 서리가 내리면 국화는 시커멓게 변하고 만다.

2012년인가, 보통은 10월 하순에 서리가 내리는데, 그해는 10월 초에 내렸다. 축제를 일주일 정도

남겨 놓은 시점이었다. 매일 밤 3000평이나 되는 국화밭에 비닐을 씌우고, 꽃밭 주위에 가스통을 배치한 뒤 토치램프에 불을 붙여 가며 국화를 지켰다. 한 송이 국화꽃을 피운 것은 햇빛과 바람이 아니었다. 밤잠을 잊고 국화꽃을 돌본 사람들이었다.

양귀비는 더 애를 태우게 한 녀석이다. 회사에서는 2004년부터 가을엔 국화축제를 열고 봄에는 유채 꽃밭을 조성해서 시민들을 초대했다. 2010년 봄에는 유채꽃 대신 안개꽃과 양귀비 꽃밭을 조성하기로 했다. 잉글랜드양귀비와 안개꽃 씨앗을 꽃밭에 뿌렸다. 그런데 그해 봄이 유난히 춥고 건조해서 발아가 늦어졌다. 축제 기간인 5월에 맞춰서 꽃이 피기는 어려워 보였다. 꽃밭 온도를 높이려고 밤마다 비닐을 씌웠는데 무슨 서리는 그렇게 밤마다 내리는지, 겨우 싹이 튼 양귀비도 고꾸라지기 일쑤였다.

축제는 시작되고 해바라기·작약·유채꽃·안개꽃
은 만개했는데, 양귀비꽃은 도무지 피어날 기미를
보이지 않았다. 나는 아침저녁으로 양귀비밭을 찾
아가 "이제 제발 좀 피어나라"고 애원했다. 양귀비
는 대답이 없었다. '올해 양귀비꽃을 보긴 어렵겠
구나, 처음 시도한 것이니 너무 속상해하지 말자'
고 스스로를 다독이며 집으로 돌아왔다. 그래도
아쉬운 마음은 어찌할 수 없었다.

그러나 '불효 끝에 효자 온다'는 속담처럼 양귀비
는 효자 노릇을 톡톡히 했다. 축제 초기에 활짝 피
어난 꽃들이 하나둘 시들고 꽃밭이 빈약해져 갈
때쯤 양귀비들이 활짝 피어났기 때문이다. 다른
꽃들이 사그라져 갈 때 양귀비는 기다렸다는 듯이
만개해서 제 몫의 아름다움을 뽐냈다. 양귀비가
잔뜩 피었다는 소식에 관람객이 늘어났고, 마지
막 날에는 축제 기간 통틀어 가장 많은 관람객이

양귀비꽃들을 보러 왔다. 내 속을 그렇게 태우더니 기어이 주인공 노릇을 해 주었다. 바람에 살랑살랑 춤을 추는 양귀비가 이렇게 말하는 것 같았다.

"내 때는 지금이에요. 아저씨가 생각하는 때와 다르다고요."

강성칠
2001년 9월에 입사해 현재 경영지원직 선임위원으로 근무하고 있다.

집 괜히 샀나?

우점숙

서울을 떠나 김포에 집을 한 채 장만했다. 그때만
해도 검단이나 김포에는 논밭이 많았다. 공기가
좋아서 아이들에게도 좋고, 생활환경이 나쁠 것
같지 않다고 판단해 과감하게 서울을 뜨자는 결단
을 내리고 이사를 왔다.

집 정리를 마치고 친구들을 초대해서 집들이를 했
다. 우리 집에 온 친구들 모두 "집이 참 좋다" "평
수 잘 빠졌다" 등 칭찬 일색인데 한 친구가 이렇게

말했다.

"어머, 얘, 너희 집 완전 좋다. 그런데… 매립지 가까운 게 좀 마음에 걸리네. 그것만 아니라면 나도 이 동네로 이사 오고 싶다. 하여튼 뭐… 축하해!"

'매립지라니?'

친구 말을 들은 나는 속으로 당황했지만 그냥 웃어넘겼다. 이곳에 집을 산 이유가 생활환경이 좋아서였는데, '매립지'가 근처에 있다니…. 이게 무슨 소리인가 싶었다. 집들이가 끝나고 나서야 집에서 얼마 떨어지지 않은 곳에 수도권 쓰레기를 처리하는 매립장이 있다는 걸 알았다.

'집 근처에 매립지가 있으면 공기도 안 좋고 거주 환경도 갈수록 나빠지는 것 아닌가. 아이들도 아

직 어린데….'

별의별 생각이 다 들었다. 결국엔 '괜히 여기에 집을 샀나 보다'라는 후회까지 들었다.

그래도 친구가 모르고 나도 아직 모르는, 동네에 대한 좋은 이야기가 있을지도 모른다는 기대를 안고 동네 인터넷 카페에 가입해서 우리 지역을 검색했다. 카페 글을 보자마자 기대는 더 큰 실망감으로 돌아왔다. '밤만 되면 안 좋은 냄새가 나는 것 같아요'라는 글에 '그거 다 매립지에서 쓰레기 태우는 냄새예요'라는 댓글까지 달리면, 전후 사정 알아볼 생각도 못 하고 정말 그런 것인 줄로만 여겼다.

괜찮다가도 그런 글을 읽으면 갑자기 쓰레기 태우는 냄새가 나는 것 같은 기분이 들었다. 그럴 때마다 환기한다고 열어 놓은 창문을 신경질적으로 닫은 적도 많다. 아무것도 모르고 편안하게 잠든 아이들 얼굴을 보며 무지한 부모 때문에 괜히 애들만 고생시킨다는 자책도 심해져 갔다. 동네에 정붙이고 오래 살 생각으로 왔는데 마음이 불편하니 내내 이사 갈 생각만 하게 됐다. 그럴수록 마음은 더 답답해졌다.

그러나 나중에 알고 보니 그 냄새는 매립지 쓰레기를 태우는 냄새가 아니라, 주변 공업단지에서 폐기물을 몰래 태울 때 나는 냄새였다. 그런데 타는 냄새가 나면 주민들은 매립지에서 쓰레기 태우는 냄새라고 생각했다.

그러던 어느 날 우연히 '드림파크 국화축제'가 열린다는 소식을 들었다. 아이들을 데리고 주말마다 어디 갈지 고민이었는데, 집에서 멀지 않은 곳에서 국화축제를 즐길 수 있다는 말에 얼른 집을 나섰다. 그리고 드넓게 펼쳐진 공원에 끝없이 피어나서 사람들을 반기는 국화꽃을 보고선 '떠억~' 하고 벌어진 입을 다물지 못했다. 그뿐 아니었다. 조금 옆으로 가니 야생화공원이 있는데, 양쪽으로 도열해 하늘과 땅이 맞닿는 소실점을 향해 뻗은 메타세쿼이아 가로수길이 장관이었다. 여기에서 배우 공유·이동욱·김고은이 출연한 tvN 드라마 '도깨비'를 찍었다고 한다. 그 외에 승마장·수영장·골프장 등 '살기 좋은 동네'의 필수 조건인 스포츠 시설도 근사하게 들어서 있었다.

"아니, 여기가 어디야? 집 가까운 곳에 이런 데가 있다는 걸 그동안 왜 몰랐지?"

그날부터 우리 가족은 주말이 되면 드림파크에 가서 아이들과 공놀이도 하고, 축제가 열리면 열리는 대로 참여했다. 매립지공사에서 진행하는 다양한 체험 프로그램도 꼼꼼하게 기억해 놨다가 아이들과 빼놓지 않고 다녀오곤 한다. 이를 통해 우리가 버리는 쓰레기가 매립지에서 어떤 과정을 거쳐 처리되는지, 에너지로의 재활용은 어떤 방식으로 하는지 배울 수 있었다.

그 덕분에 아이들과 나눌 대화의 주제도 다양해졌다. 나와 아이들은 종종 쓰레기 문제를 어떻게 하면 해결할 수 있을지 일상에서 실천할 방법들을 함께 고민하고, 할 수 있는 것부터 행동으로 옮기기도 했다. 동네가 매립지 주변 영향 지역으로 지정됐기에 건강검진 등 혜택이 있다는 것도 좋지만, 무엇보다 우리 아이들이 다른 지역 아이들보다 더 구체적이고 현실적인 재료로 환경과 자원의 순환을 접한다는 게 더 마음에 들었다.

이사를 막 왔을 때 친구 말마따나 '매립지만 아니었으면' 하는 마음은 벌써 사라졌다. 지금은 집 근처에 매립지가 있어서 오히려 고마운 점이 더 많다. 그래서 누군가 집 팔 거냐고 물으면 내 대답은 간단명료하다.

"안 팔아!"

우점숙(49세)
김포 양촌 학운리에서 2010년부터 거주하고 있다.

고맙다, 드림파크!

황현규

항공사 취업으로 인천공항에서 근무하게 돼 난생 처음으로 가족의 품을 떠나 '검암'이라는 동네에 혼자 살 원룸을 하나 얻었다. 취업과 동시에 시작된 독립생활. 혼자 살면 낭만적인 일이 많을 것이라고 생각했는데, 막상 해보니 '독립'은 너무나 현실적이고 쓸쓸하고 외로울 때가 더 많았다.

낯선 곳에 정붙이고 지내겠다고 애 많이 썼는데, 그때 그 마음을 달래 준 곳이 매립지 드림파크였다. 그곳에서 자전거도 타고 수영장도 다니며 좋은 인연들을 만났다. 특히 수영장은 큰 규모에 깔끔한 시설이 정말 마음에 들어서 한걸음에 달려가 자유 수영을 즐겼다.

여자 친구와 인천에서 처음 데이트한 장소는 매립지 야생화축제장이었다. 핑크뮬리 앞에서 여자 친구는 '인생샷'을 찍어야 한다며 스마트폰 카메라를 내려놓을 줄 몰랐다.

"그냥 찍어도 예뻐! 이제 좀 가자!"
"아니야. 나 한 장만 더 찍어 줘!"

마음이 복잡하거나 생각이 많아지는 날엔 검암역에서 드림파크까지 좋아하는 음악을 들으며 하염없이 걷기도 했다. 그러면 답답한 마음이 좀 풀리는 것 같았다. 너른 하늘과 탁 트인 길, 울창한 나무와 꽃, 연못 등 드림파크의 조경이 마음을 편안하게 해 줬다. 그 덕분에 스트레스는 산책으로 풀어내는 건강한 습관도 생겼다.

생각해 보니 매립지에서 쌓은 추억이 참 많다. 인연도, 사랑도, 사색도 대부분 이곳에서 이뤄졌다. 그 덕분에 독립 이후 어른이 돼 가는 과정을 그리 헤매지 않고 보냈다.

"고맙다, 드림파크!"

황현규(31세)
인천 서구 검암동에 살다 현재 청라에 거주하고 있다.

폭우가 와도
열린음악회는 계속된다

이화균

매립지 시설을 관리하는 부서장으로 자리를 옮긴
지 얼마 되지 않아 골프장 개장 3주년 행사를 위해
'전국노래자랑'의 문을 두드렸다. 연말까지 일정이
모두 차 있다는 아쉬운 답변을 들었다. 담당 PD에
게 2순위였던 '열린음악회'를 소개해 달라고 간곡
히 부탁했다. 10월 초에 진행할 수 있다는 답변을
받았다. 이왕 시작한 거 골프장을 개방해서 시민
나들이 행사로 판을 키웠다.

나름 순조롭게 일이 진행된다고 생각했는데, 복병이 있었다. 행사 일정이 바뀌면서 섭외에 문제가 생긴 것이다. 이제는 글로벌 스타가 된 방탄소년단 공연이 무산됐다. 아쉬움은 컸지만 그래도 태진아, 2PM, 크러쉬, 서문탁 등의 가수가 섭외됐다. 섭외야 방송국에서 담당하니 크게 걱정할 필요는 없었다. 지역주민과 내빈을 초청하는 일은 전적으로 우리 몫이지만, 날씨만 도와준다면 문제 될 것은 없었다.

그런데 행사 일주일 전에 먹구름이 드리워지기 시작했다. 갑자기 비 예보가 뜬 것이다. 분명 무대를 설치할 때까지만 해도 청명한 가을 하늘이 나를 반겼는데, 비 예보라니…. 머리에 벼락이 내리치는 거 같았다. 게다가 행사는 밤부터 시작된다. 제발 비가 오지 않기를 마음속으로 빌고 또 빌었다.

대망의 그날. 오전에는 순조롭게 예정된 행사가

진행됐다. 그런데 오후가 되자 거짓말처럼 거센 바람이 불어왔다. 황급히 날씨 예보를 검색하니 밤이 되면 많은 비가 쏟아진다고 했고, 담당 PD는 관객 안전이 걱정된다며 녹화를 계속 이어 갈 것 인지 결정해 달라고 내게 재촉했다.

'이대로 행사를 접어야 하나.'

착잡한 마음으로 객석을 봤다. 날이 흐린 와중에 도 관객이 반 이상 차 있었다. 오랜만에 나들이 나 온 가족에, 좋아하는 가수를 보러 온 팬이며, 데이 트 나온 연인들도 있었다. 기대감에 부푼 얼굴들 을 보자 차마 취소할 수가 없었다. 그대로 진행하 기로 하고, 대신 우비를 넉넉하게 준비했다.

드디어 공연이 시작됐다. 비가 내렸지만 화려한 조명과 가수들의 열창이 한껏 흥을 돋웠다. 뜨거

워지는 열기만큼이나 비도 거세게 내렸지만 아무도 피하지 않았다. 노래를 부르는 가수도, 객석에 앉아 있는 관객도 그랬다. 모두 비를 맞으며 노래를 따라 불렀다. 지금도 인터넷에서 인기 있는 서문탁의 공연은 나도 신이 날 만큼 열광적이었다. 비는 멈추지 않고 계속 내렸지만 가수 양수경의 무대를 끝으로 행사는 무사히 끝났다. 하나둘 관객이 빠져나가고, 물에 젖은 객석을 바라보며 그제야 나는 안도의 한숨을 내쉬었다.

이화균
2000년에 입사해서 현재 대외홍보처장으로 근무하고 있다.

정말 이수근이 오나요?

정시용

나는 개그맨 이수근 씨를 참 좋아한다. '이 사람은 개그맨이 안 됐으면 어디서 뭘 하며 살았을까' 싶을 정도로 하늘이 내린 개그맨 같다는 생각이 든다. 다른 사람들은 국민 개그맨으로 유재석을 꼽지만 나에게는 이수근이다.

"왜 이렇게까지 이수근 씨를 좋아하냐고?"

우리 회사에서는 가을에 국화축제를 연다. 나는

축제 기획 담당이었는데 예산 때문에 골머리를 좀 앓았다. 시민들에게 보여 주고 싶은 프로그램은 많았지만 예산은 턱없이 부족했기 때문이다.

내게는 국화축제에서 시민들이 만나면 알아보고 반가울 유명 연예인 한 명 정도는 반드시 섭외해야 겠다는 욕심이 있었다. 허용된 예산 안에서 최대한 섭외할 수 있는 연예인들을 찾아 수많은 기획사와 접촉했다. 그러나 결과는 참담했다.

"이번 축제에 연예인 와요?"
"난 유재석이 왔으면 좋겠다."
"야, 유재석이 어떻게 오냐? 솔직히 유재석은 못 오지. 난 박명수가 좋더라."
"강호동은 어때? 강호동 섭외 안 돼?"

유재석, 박명수, 강호동…. 휴, 다들 내 속도 모르

고…. 동료, 가족, 이웃 모두 나만 보면 이번 축제
에 연예인 누가 오냐고, 좀 먼저 알려줄 수 없냐고
졸라댔다. 유명 연예인을 섭외할 수 있는 상황이
아니라고 솔직하게 말하면 얼마나 서운해하고 실
망감이 클까? 그래서 나는 이렇게 말할 수밖에 없
었다.

"이수근이… 올 수 있을 것 같기도 해…."
"뭐? 정말이야! 이수근이 온다고?"

거짓말은 아니었다. 내가 이수근 씨를 언급한 건
다 이유가 있었다. 여러 기획사를 돌아다니며 예
산 안에서 섭외 가능한 유명 연예인을 알아보던
중, 모 기획사 사장님이 과거 개그맨 지망생 시절
에 이수근 씨와 동고동락하며 함께 개그맨의 꿈을
꾸었다면서, 이수근 씨에게 본인이 우리 회사의
사정을 대신 전하면 섭외에 응해 줄지도 모른다고

언질을 주었기 때문이다. 사실 그때 이수근 씨 측에서 확답을 준 것도 아니었기에 자신 있게 말할 수는 없었는데, 하도 전방위로 압박해 오는 탓에 '이수근'이라는 깜짝 카드를 꺼낼 수밖에 없었다.

"정말 이수근이 오는 거예요?"

그 뒤로 사람들이 나만 보면 정말 이수근이 오는 거냐, 어떻게 이 예산으로 이수근을 섭외했냐, 대단하다고 추켜세웠다. 다행히 기획사 사장님 덕으로 이수근 씨의 출연 확정 소식을 공식적으로 보고할 수 있었고, 지역에 '이수근이 온대'라는 소문이 삽시간에 퍼졌다. 여기를 가도 이수근, 저기를 가도 이수근, 수군수군 이수근 소리만 들리는 것 같았다.

드디어 이수근 씨가 오는 날의 아침이 밝았다.

나는 미루고 미룬 방학 숙제를 모두 마치고 개학만을 기다리는 초등학생이 된 것처럼 가벼운 마음으로 행사장으로 갔다. 행사 기획 잘했고! '유명 연예인' 섭외도 잘했고! 드디어 행사 마지막 날! 오늘만 잘 넘기면 앞으로 당분간 힘든 일은 없을 거라는 생각에 콧노래가 절로 나왔다.

그런데 약속된 시간이 다 돼 가도 이수근 씨가 보이지 않았다. 매니저와도 연락이 안 됐다. 행사장엔 이미 이수근 씨를 보러 온 사람들로 인산인해인데, 스태프들은 모두 나만 바라보고 있는데 이수근 씨가 나타나지 않았다. 분명히 온다고 했는데…. 내가 혹시 행사 날짜를 잘못 알려 드렸나? 내가 뭔가 실수한 게 있나? 시간은 초조하게 흘러가고, 가슴은 점점 조여 오는 느낌이었다.

"이수근 씨 아직 안 왔어?"

"이수근 씨 정말 오는 거 맞아?"

"이수근 씨 섭외된 거 맞긴 맞는 거야?"

"자… 잠시만요. 분명히 온다고 했는데… 다시 전화해 보겠습니다."

다행히 매니저와 연락이 돼 확인해 보니, 이수근 씨를 보러 우리 행사장에 몰린 시민들의 차량으로 도로가 주차장처럼 꽉 막혀서 오도 가도 못 하는 상황이라고 했다. 매니저가 "계속 이런 상태라면 제시간 안에 행사장에 도착할 수 없겠는데요…"라고 말할 정도였다.

결론부터 말하면 이수근 씨는 무사히 행사장에 도착할 수 있었다. 그리고 이수근 씨는 그날 최고의 무대를 시민들에게 선사했다. 당시 이수근 씨 명성과 몸값에 비하면 턱없이 부족한 섭외비였는데도 돈과 상관없이 우리 행사에 열정을 다 바치는 모습을 보고, 프로는 역시 다르다는 생각을 했다.

이수근 씨는 어떻게 행사장에 올 수 있었을까?
당시 회사로 들어오는 출입문은 두 개였고, 닫혀
있던 문이 하나 더 있었다. 지금은 이용객이 정문
보다 더 많은 '동문'이 그때만 해도 입구가 막혀 있어
서 외부인은 출입할 수 없었다. 그 통행로를 임시로
열어서 이수근 씨 차량이 들어올 수 있게 기지를
발휘한 것이다.

"거봐! 내가 뭐라 그랬어. 진짜 이수근이 온다
그랬잖아!"

나는 한동안 이수근 씨 덕에 어깨에 힘주고 다녔다.

정시용
2001년에 입사해서 현재 전략계획부장으로 근무하고 있다.

아직 늦지 않았어!

조평종

2013년에 개인적으로 좋은 일이 두 가지나 있었다. 이직해서 공사 가족이 됐고, 둘째 아들이 세상에 나왔다. 두 아들의 아빠! 더 열심히 살아야 할 이유가 갑절로 늘어났지만 뭔가 든든했다.

여느 가정처럼 우리 집의 최대 육아 고민 또한 '도대체 뭘 하고 놀아 줘야 이 기운 팔팔한 녀석들의 진을 쪽~ 빼서 밤에 일찍 재울 수 있으려나?'였다. 아이들 기르는 집, 특히 아들만 있는 집이라면 백

배 공감할 것이다. 내가 선택한 곳은 바로 우리 회사에 조성된 야생화공원이었다. 우리 아이들은 이곳을 전용놀이터 삼아 실컷 뛰어놀며 무럭무럭 자랐다. 특히 둘째는 야생화공원에만 데려오면 아주 휘젓고 돌아다녔다. 이 녀석 잡으러 다니느라 진땀을 뺐던 기억이 새롭다.

꽃이 피면 피는 대로 지면 지는 대로, 초록이 우거지면 우거지는 대로 아이들은 이곳에서 실컷 떠들고 소리치고 구르며 신나게 놀았다. 우리 부부의 스마트폰 사진첩에는 매년 야생화공원에서 찍은 가족사진, 신나게 뛰어노는 아이들의 해맑은 모습들이 차곡차곡 쌓여 갔다.

어느덧 입사 9년 차. 그때 태어난 막둥이도 벌써 초등학교 3학년, 두 살 터울의 형은 초등학교 고학년이 돼 이젠 제법 자기만의 시간을 필요로 한다.

아이들 크는 걸 보니 흐뭇하기도 하면서 한편으론 아쉽기도 하다. 지나간 어린 시절을 되돌릴 수 없으니…. 그래서 말인데, 더 늦기 전에 막둥이 하나 더 낳으면 어떨까?

조평종
2013년에 입사해 현재 감사실에서 근무하고 있다.

엄마의 정원

최은진

2018년 여름은 우리 가족에게 큰 변화가 있던 때
다. 7월에 내가 수도권매립지관리공사에 입사했
고, 8월에는 엄마가 25년 교직생활을 마무리하고
퇴직했다. 첫째 딸의 취직과 엄마의 퇴직이 동시
에 이뤄지면서 우리 집은 한동안 웃음이 끊이질
않았다.

엄마는 그동안 쉬지 못한 것까지 몽땅 다 쉬겠다고
했지만 막상 시간이 많아지자 공허한 기분이 들고
무기력해지는 것 같다고 입버릇처럼 말했다. '엄마

를 위해 내가 할 수 있는 일은 없을까?' 하고 한참
을 고민했는데, 답은 의외로 가까운 곳에 있었다.

'올해도 어김없이 가을나들이 특별행사로 아름
다운 정원 만들기를 진행하니 가족과 함께 나만
의 정원을 만들어 보세요.'

사내 이벤트에서 그 답을 찾았다. 나는 신입사원
으로서 회사의 모든 것이 신기했고, 사내 이벤트
는 모두 참여하겠다는 의욕이 있었다. 평소 학교
정원 가꾸기를 소소하지만 확실한 행복으로 삼았
던 엄마였다. '이 이벤트를 계기로 엄마의 취미가
다시 시작된다면 어떨까?' 하는 기대도 조금 했다.
엄마의 반응은 예상한 것보다 훨씬 좋았다. 이미
정원 하나를 다 만들어 놓은 듯 상기된 엄마의 표
정을 잊을 수가 없다.

한동안 엄마는 정원에 붙일 이름을 찾느라 현역일 때 수업 준비하듯 열심이셨다. 엄마는 우리 강아지의 이름을 따서 '도담이네 정원'으로 정했다. 준비 과정 또한 엄마의 주도로 빠르게 진행됐다. 꼭 필요하다며 할머니 댁 옥상에 있는 장독, 3만 원 주고 산 자전거 바퀴며 길가에 버려진 고철까지 모아 왔다. 오랜만에 엄마는 일상에서 활기를 찾았다.

아빠와 여동생 그리고 정원을 꾸밀 고철까지 다 함께 주말 아침 일찍 야생화공원으로 향했다. 오랫동안 가족들이 함께 나들이한 기억이 없는데 작업 내내 소풍 나온 듯 모두 들떠서 정원을 꾸몄다. 평소 정원을 가꿔 본 실력자답게 엄마의 감독 하에 고철들은 하나같이 멋있는 정원 소재로 바뀌었다. 공원을 찾은 이들이 우리 정원에 관심을 보이자 엄마는 더 뿌듯해 하며 완성된 정원을 손질

하고 또 손질했다.

기회가 또 온다면 그때는 엄마의 이름을 딴 정원
을 꾸미고 싶다.

최은진
2018년에 입사해 현재 매립부에서 근무하고 있다.

망안교? 청안교!

김상평

공사 옆 생태연못에는 아치형 돌다리 '청안교'가
있다. 청안교는 '셀카명당'으로도 불릴 정도로 많은
시민의 사랑을 받는 곳이다. 이 청안교가 '망안교'
가 될 뻔한 사연이 있다.

유네스코 세계문화유산인 순천 선암사에는 '우리
나라에서 가장 아름다운'이란 수식어가 붙은 무지개
모양의 돌다리인 보물 400호 승선교(昇仙橋)가 있다.
우리는 승선교를 드림파크에 재현하기 위해 선암사

주지셨던 지허 스님을 고문으로 모시고 명장 권오달 석장의 도움을 받아 무지개다리 설계도를 완성했다.

다리를 만들면서는 돌 하나도 허투루 구하지 않았다. 아치와 상부 판석은 보령시 채석장에서 생산하는 화강석으로 하고, 다리 측벽과 면석은 색감의 조화를 살리기 위해 구미시 장천면에서 붉은빛을 띠는 자연석만 골라 구해 왔다. 권오달 명장과 함께 다리를 만들 석공 4명은 보령시에서 올라왔다. 그들은 두 달간 이곳에서 숙식하며 아치석·판석·난간 등 화강석과 자연석 면석을 한 돌 한 돌 쌓아 올려 흰색 화강석과 붉은 자연석이 조화를 이루는, 그야말로 무지개같이 아름다운 돌다리를 완성했다.

문제는 다리 이름을 지을 때 생겼다. 당시 사장께서 바닷물이 들락거리던 해안방조제 축조 이전의 김포군 검단면 옛 안동포구를 기념하자는 의미로 '망안교(望安橋)'라는 이름을 제안했다. 안동포구를 그리워한다는 의미였다.

'망안교? 망한교로 들리는 것 같은데⋯. 이러다 망할 것 같은데⋯.'

망안교라는 작명을 듣자마자 '망한교'가 떠올랐지만 사장이 제안한 것이니 대놓고 반대 의견을 꺼내기가 쉽지 않았다. 다행히 비슷한 생각을 나만 한 것은 아니었던 모양이다. 본부장들이 "망안교라고 이름을 지으면 '망한교'처럼 들리고, 이런 이름을 자꾸 부르면 정말로 망합니다!"라며 어감이 좋지 않다고 다른 이름을 붙여야 한다고 제언했다.

'애써 예쁘게 만들어 놓은 다리에 망안교라니!'

다리 이름은 다행히 여러 사람의 의견을 모아 '청안교(聽安橋)'로 확정됐다. '안동포구 삶의 소리를 회상해서 듣는다'는 의미다.

'망안교'라는 이름을 쓰지 않은 덕인지 청안교와 드림파크 야생화공원은 시민들의 사랑을 듬뿍 받는 명소가 됐다. 그때 다리 이름을 '망안교'라고 확정했더라면 어떻게 됐을까? 다리의 미적 가치를 논하기도 전에, 이 다리를 완성하기 위해 얼마나 많은 수고가 들어갔는지를 따지기도 전에, 그냥 이름 때문에 놀림거리가 되지 않았을까?

멋진 다리를 만들어 준 보령시의 석공들, 다리 이름과 별명을 써 주신 열암 송정희 선생과 고 신영복 선생, 그리고 직원들의 의견을 흔쾌히 받아 준 당시 사장께 정말 감사하다는 말씀을 드린다.

김상평
2000년에 입사해서 드림파크본부장을 끝으로 2022년에 퇴임했다.

서울시 파견근무

정석우

'이번에는 반드시 동의를 받아야지.'

2009년 3월 30일 월요일 아침, 서울시청 남산 별
관 자원순환과에 들어섰지만, 며칠을 준비한 설
명 자료는 들추지도 못하고 쫓기듯 나와야 했다.
2000년에 매립을 끝낸 제1매립장을 골프장으로
조성하려면 면허 지분의 71.3%를 갖고 있는
서울시의 동의서가 필요했지만 서울시는 계속 반
려했다.

"제가 책임지고 받아갈 테니 처장님 먼저 가십
시오!"

처장은 회사로 돌아가고 나는 다시 자원순환과
사무실로 들어가 한 귀퉁이에 앉아서 담당자 퇴
근 때까지 기다렸다. 이튿날도 이곳으로 출근해
서 또 기다렸다. 큰 덩치가 작은 의자에 앉아 있
는 모습이 안쓰럽게 보였는지 담당 팀장이 한쪽
에 자리를 마련해 줬다. 사흘째 되던 날 서울시
기획관이 내 옆으로 와서 점잖게 훈계했다. '서울시
식권으로 점심과 저녁까지 얻어먹고 있냐'는
말을 듣자, 서러움에 회사로 그만 돌아가겠다고
전화했다. 하지만 '동의서를 받을 때까지 사무실
근처에 얼씬도 하지 말라'는 대답이 돌아왔다.

그 이튿날도 별관 사무실로 출근했는데 지각을 하
고 말았다. 담당 과장이 전화를 해서 '올 거면 출퇴

근 시간 정확히 지키라'고 말해 기분이 묘했다.

'이건 뭐지?'

출근시위가 환경부에까지 소문이 났는지 전화가
왔다. 제1매립장 토지활용 방안으로 논의되던
테마파크와 관련해 환경부와 서울시 회의에 배석
하고, 공유수면 업무도 맡아 처리하면서 엉겁결에
파견근무가 됐다.

시청 근무가 익숙해질 무렵 아시안게임을 준비하
는 인천시 관계자들이 수영장·승마장 입지 동의
를 얻기 위해 시청에 왔다. 이들에게 서울시를 설
득할 몇 가지 포인트를 알려줬는데, 이게 문제가
돼 담당 과장의 질책을 받고 출근시위는 한 달 만
에 끝내야 했다. 서울시 관계자는 수도권매립지
를 서울시의 자산이라고 생각하고 있어서 매립지

사용은 협상이 아닌 허가 대상이었다. 3개월 뒤 서울시는 골프장 조성에 동의했고, 2013년 10월 개장했다.

정석우
2001년에 입사해서 현재 서울대학교 행정대학원에 교육 파견 중이다.

4자합의는 언제까지

김정수

2015년 6월 28일 일요일. 환경부 장관과 서울시장, 경기도지사, 인천시장이 2016년 종료를 앞둔 수도권매립지의 사용을 연장하기로 합의했다. 서명이 끝나기 무섭게 TV 뉴스로 보도됐다.

월요일 아침부터 회사가 소란스러웠다. 전날 발표된 매립 기한 연장에 따라 추가 행정 절차를 곧바로 진행할지 어떨지 내부 의견이 분분했다. 수도권매립지 면허권을 가진 환경부와 서울시는 신청을 미뤄 달라는 의견을 보내왔다. 합의는 했지만 언제까지 더 쓸지에 대한 '기한'이 구체적으로 정해지지 않았던 탓이다.

연장 합의 이후 인천 분위기가 심상치 않게 돌아갔다. 시민단체는 거세게 항의했고, 언론들은 연일 비판적인 기사를 쏟아냈다. 5개 시민단체가 기자회견을 통해 4자합의 무효를 주장하며 단체행동에 나섰다.

7월 12일 일요일, 밤 10시경에 핸드폰이 울렸다. 행정 절차를 진행하자는 처장의 연락이었다. 연장 기한을 물었지만 미정이라고 했다. 밤에 회사로 출근했다. 2044년과 2056년, 두 가지 매립면허기한 연장신청 서류를 작성했다. 일을 마치고 집에 도착하자 밤 12시가 훌쩍 넘었다.

월요일인 7월 13일 아침 일찍 눈을 떴다. 서울시, 환경부, 인천시까지 하루 동안 이동해야 하는 노선을 머릿속에 그렸다. 세 기관의 도장을 하루 안에 다 받아야 했다.

서울시 담당자는 시장 직인을 관리하는 부서가 출근해야 하니 오전 9시에 보자고 했다. 마음이 급했다. 오전 7시가 조금 안 돼 서울로 출발했다. 쉴 새 없이 전화가 울렸다. 2044년을 연장 기한으로 작성한 신청서를 제출했다. 서울시장 직인이 날인된 신청서가 내 손에 들어왔다.

세종시로 차를 몰아 낮 1시 넘어 환경부에 도착했다. 서울시장 직인이 날인된 신청서를 내밀자 바로 직인을 찍어 줬다. 마지막 행선지인 인천시 항만과가 있는 미추홀구로 향했다. 오후 2시를 넘어선 때였다. 이동 중에 인천시 자원순환과에 전화해서 항만과와 협의했는지 물었더니 답변이 궁색했다. 순탄치 않을 거란 예감이 들었다.

오후 5시, 인천시 항만과에 들어섰는데 분위기가 심상치 않았다. 오후 6시 50분, 신청서를 제출하고 항만과를 나오자 피곤함과 허기가 동시에 몰려왔다. 처장에게 전화하니 저녁을 함께하자고 해 오후 8시가 다 돼서야 첫 숟가락을 입에 떠 넣었다.

9월 23일. 승인이 떨어졌다는 연락이 왔다. 서울시와 환경부의 동의로 공사가 신청한 '2044년까지 매립기간 연장'은 '4자협의체 합의에 의한 매립지 사용 종료 시까지'로 바뀌어 있었다.

김정수
2000년에 입사해서 현재 공정운영부장으로 근무하고 있다.

포도밭에서 영그는 우정

최용주

일손이 부족한 농번기에는 누가 조금만 도와도 그렇게 고마울 수가 없다. 김포시 양촌 지역 포도작목반은 뜻밖의 일손들에게 여러 번 신세를 졌다. 수도권매립지관리공사 직원들이다.

포도는 재배할 때 손이 많이 가는 작물 중 하나다. 비닐 씌우기, 곁순 따기, 봉지 씌우기, 송이와 알 솎기 등의 과정마다 세심한 손길이 필요하다. 이 가운데에서도 종일 서서 하는 곁순 따기는 허리도 아프고 같은 동작을 반복함으로써 어깨가 많이 뻐근해진다. 하지만 조금이라도 더 맛있는 포도를 수확하기 위해서는 피할 수 없는 과정이다. 3년 전, 포도가 다치지 않도록 조심스럽게 작업하던 공사 직원들의 세심한 손길은 그래서 아직도 고맙다.

포도 봉지 씌우기 작업을 돕기 위해 공사 직원들이 다시 방문했을 때다. 포도송이가 자란 걸 보고 아이가 크는 것처럼 금방 컸다며 신기해했다. 봉지 씌우는 방법을 알려주자 마치 학생이 된 것처럼 다들 눈을 반짝였다. 본격적인 작업에 앞서 포도 봉지를 담은 비닐봉지를 허리에 서로 묶어 주면서 누가 더 많이 씌울지 내기하며 전의를 다졌다. 6월의 때 이른 더위는 포도밭을 더욱 뜨겁게 달궜다. 다들 처음 해보는 일인데도 제 몫을 톡톡히 해냈다.

"새참 먹고 합시다!"

직원들의 열기를 식히기 위해 새참을 준비했다.
누가 먼저랄 것도 없이 줄줄이 밖으로 나와 다 함
께 둘러앉아서 찐 감자와 수박을 먹었다. 한 직원
이 나중에 귀농해서 포도 농사를 짓고 싶다며, 지
금처럼 다 와서 도와줘야 한다고 으름장을 놓는
통에 한바탕 함께 웃었다. 더운 날씨에도 내 일처
럼 적극적으로 일해 준 덕에 그날 작업은 수월하
게 마쳤다.

그렇게 우리는 포도밭에서 함께 일하고 새참을 먹
으며 서로를 알아 갔다. 직원과 주민으로 만났지
만 포도송이같이 영그는, 형과 동생으로 서로 의
지하며 익어 갔으면 좋겠다.

최용주
수도권매립지관리공사 주민대표 운영위원으로 활동하고 있다.

베트남
환경기술전시회

김상훈

베트남 호찌민에서 국제환경기술전시회가 열렸
다. 우리나라는 환경산업협회 주관으로 수도권
매립지관리공사를 비롯해 32개 업체가 43개 부스
규모의 한국관을 운영했다.

전시 첫날, 규모가 작았음에도 관람객이 많았던 우
리 부스에 베트남 자연자원환경부 장관과 호찌민
중앙방송(HTV) 관계자들이 찾아왔다. 매립장 운
영과 사후관리 기술에 특히 관심을 보인 그들은

"놀랍다, 흥미롭다" "역시 코리아" 등을 연발하며 엄지손가락을 치켜세웠다.

이튿날 하노이대 레당호안 박사를 만났다. 한국어 학과 교수지만 환경에 관심이 많아 우리 환경부가 진행하는 여러 프로젝트에 관여하고 있는 분이었다. 공사와 메일로 연락하던 사이였는데 우연히 전시장에서 마주친 것이다. '어떻게 이렇게 만날 수 있느냐'며 반가워하던 박사가 제안을 했다.

"내일 우렌코(LH공사 비슷한 베트남 국영기업) 부사장이 전시장을 방문하는데 함께 만나면 어떻겠습니까?"

레당호안 박사는 공사 직원과 메일을 주고받은 일, 수도권매립지에 방문했을 때 친절하게 안내받은 일, 전시장에서 열심히 설명하는 모습 등을 칭찬하며 돕고 싶다고 했다.

이튿날 우렌코 부사장을 만났고, 그때를 시작으로 '베트남 동나이성 폐기물 처리 타당성 조사'를 공사가 맡게 됐다. 신규 매립시설 설치계획과 분리선별시설(100t/일), 음식물 퇴비화시설(200t/일) 등의 타당성을 조사하는 용역(2007.11.~2008.12.)으로 수도권매립지관리공사와 베트남 간 첫 번째 사업이었다. 통상 몇 년을 공들여야 하는 사업이 우연한 기회와 평소의 진정성을 통해 성사된 것이다.

전시기간 내내 좁은 부스 안에서 똑같은 설명을 반복하다 보면 녹초가 된다. 오죽하면 해외전시는 '거품 물고 개집 지키다 온다'는 말이 생겼을까. 하지만 2007년 베트남 국제환경전시회는 우리의 악취·먼지·폐수 없는 위생 매립과 자원화 기술을 홍보하는 것에 그치지 않았다.

베트남 정부로부터 폐기물 처리 계약까지 따낸,

제대로 거품 물었던 가슴 벅찬 전시회였다.

김상훈
2001년에 입사해서 현재 운영지원처장으로 근무하고 있다.

P 주임의 호빵

김형진

대학교 4학년을 앞둔 겨울방학이었다. 나는 국가
근로장학생 방학집중근로를 신청해 수도권매립지
관리공사 연구개발처에 배치됐다. 출근 첫날은
코로나19가 확산하던 때였다. 마스크를 쓰고
가방을 챙겨서 지하철역으로 향했다. 검암역에
내려 매립지로 향하는 셔틀버스를 탔다.

회사에 도착해서 사무실 문을 열었는데, 사무실
안에는 사람들이 거의 없었다. 새해 시무식이 있

어서 모두 행사장에 갔다고 했다. 사무실에는 P 주임만 있었다. 마침 내가 배치된 자리도 P 주임 옆이었다.

출근하긴 했는데 사람들도 없고, 뭐라도 해야겠는데 뭘 해야 할지도 잘 몰라서 어색하고 약간은 불편한 시간이었다. 학생 티 안 내고 초보처럼 보이지 않으려고 아침에 매립지 셔틀버스 타는 것도 능숙해 보이려고 얼마나 애를 썼는지 모른다. 이제 겨우 출근만 했을 뿐인데, 아직 아무것도 시작하지 않았는데, 유난히 춥던 그날 아침의 서늘함이 갑자기 오한처럼 밀려들어 몸이 떨릴 지경이었다.

그때 P 주임이 나를 쿡 찌르며 불렀다.

"애."

"네?"

"아침 먹었니?"

첫 출근에 늦을까 봐 잔뜩 긴장한 데다 입맛도 영 없어서 먹는 둥 마는 둥 했는데, 이걸 먹었다고 해 야 할지 안 먹었다고 해야 할지 망설이느라 대답 이 늦자, P 주임이 내 손에 따끈한 호빵 하나를 쥐 여줬다. 그러고는 이렇게 말했다.

"내가 원래 먹는 거 아무한테나 주는 사람 아닌 데…. 이거 먹어!"

나는 P 주임이 준 호빵을 한 입 베어 물었다. 추위 와 긴장에 경직됐던 몸과 마음이 달콤한 팥 앙금 한 입에 녹아내리는 느낌이었다.

'호빵이 원래 이렇게 맛있었나.'

호빵 하나를 다 욱여넣으니 목이 막혔는데, 물은 어디서 마셔야 하는지 물어보기가 멋쩍었다. 그때 마침 사무실에 음료를 배달하는 아주머니가 들어 오셨다.

"어머? 처음 보는 분이네. 이거 한번 드셔 보세요"

P 주임과 음료 배달 아주머니 덕에 출근 첫날이 무사히 지나가고, 나도 조금씩 업무에 적응하기 시작했다. '학생 신분으로 내가 이곳에서 할 수 있는 일이 얼마나 될까' 하며 걱정했는데, 생각보다 내 몫의 일이 많았다. 연구에 필요한 데이터 분석을 돕고, 연말연초에 쌓인 문서들도 정리했다. 콘크리트 강도를 알아보는 연구에도 참여했다. 방진복을 입고서 시멘트를 반죽하고 망치로 두드려서 공기를 빼내는 실험이었다. 부지런히 출근해서 내 몫의 일을 열심히 해냈다. 유독 짧게 느껴진 마지막

겨울방학은 그렇게 지나갔다.

그 후 1년이 지나 학교를 졸업하고 본격적으로 취업을 준비하던 어느 날, 마침 공사 계약직 직원 채용공고가 올라와 있었다. 서류접수 마감일을 넘기기 전에 지원서부터 넣었다. 그러고는 아주 간절히 합격을 기도했다.

윤태호 작가의 만화를 원작으로 한 tvN 드라마 '미생'에는 이런 대사가 나온다.

  "선택의 순간들을 모아 두면 그게 삶이고 인생이 되는 거예요."

내가 겨울방학 때 수도권매립지관리공사에서 일한 것이, P 주임의 옆자리에 앉아서 호빵을 먹었던 것이, 내 몫의 일을 해냈다는 사실이 결코 우연이 아니라 내가 선택한 순간이었다는 생각이 들었다. 그리고 이제 그 선택을 내 인생으로 만들어 보고 싶었다. 그래서 이번 채용에서 꼭 합격하길 바랐다. 그 간절함이 하늘에 닿았는지 얼마 지나지 않아 합격 소식을 들었고, 면접을 거쳐 공사와 인연을 맺을 수 있게 됐다. 지금은 공사와 맺은 계약 기간이 끝나 다시 새로운 시작을 준비하고 있다.

편의점이나 슈퍼마켓에서 가판대 한구석의 제자리를 묵묵히 지키고 있는 호빵을 발견하면 그날 아침이 떠올라 왠지 반갑다. P 주임이 그날 내게 준 것은 그냥 호빵이 아니었던 것 같다. 아직 학생 티도 벗지 못했으면서 어른 흉내를 내고 싶었던 내게 '진짜 어른'이 보여 준 성숙하고 따뜻한 마음이었을 듯하다. 나도 언젠가 조금 더 나이를 먹고 한 조직에 오래 뿌리를 내리고 살다 보면, 어설픈 '어른이'에게 따끈한 호빵 하나 건네며 응원과 위로를 줄 수 있는 사람으로 성장할 수 있겠지.

지금은 과장이 되신 P 주임님, 그때 정말 감사했습니다!

김형진
2021년 6월 기간제 근로자로 임용돼 기술지원부 시험분석 업무를 맡았었다.

나는 수도권매립지
홍보대사

박영리

나는 말하는 걸 참 좋아한다. 친구들을 만나면 실컷 수다를 떨 수 있어서 좋다. 아이 둘 기르면서 가장 간절했던 것 중 하나는 아이들의 방해 없이 누군가와 대화를 이어 가는 것이었다. 회사에 오면 그래서 좋았다. '말'이 곧 나의 일이니까.

나는 견학 안내 업무를 맡고 있다. 매립지를 방문한 이들에게 우리 매립지의 역사와 특징, 폐기물 처리 과정 등을 소개하는 일이다. 벌써 18년째다.

방문자는 매번 다르지만 내 말은 늘 똑같다. '매번 같은 말을 해야 하는데 지겹지 않으냐'는 말도 듣는다. 그렇지는 않다. 매립지의 다양한 시설마다 그 사연을 속속들이 알기 때문에 오히려 한 시간 남짓한 견학시간이 짧게만 느껴진다.

야생화공원 외곽도로에 심어져 있는 왕벚나무를 보면 그래서 좀 미안하다. 회사에서는 2002년 초부터 소나무와 벚나무를 심어 왔는데, 내가 견학 업무를 시작할 때만 해도 나무가 아직 젓가락처럼 앙상하고 작아서 매립지를 찾아온 사람들에게 '이 나무가 벚꽃나무'라고 소개하는 게 좀 민망했다. 간척지에 조성한 매립지여서 땅에 염분이 많고, 나무가 성장하며 땅에 적응할 시간이 필요해서 작은 나무를 심는다고 말해야 하는데, '에계, 이게 벚나무야?' 하는 사람들 앞에서 괜히 주눅이 들었다. 이젠 그 젓가락 같던 벚나무가 봄이면 화사한 벚꽃 길을 연출한다. 나는 그때 그 아기 벚나무에게 미안한 마음을 담아 "여의도 윤중로 못지않은 벚꽃의 향연이 지금부터 시작됩니다"라고 힘차게 소개한다.

처음 이 일을 시작할 때 내가 하는 설명은 그저 일이었다. 그래서 높으신 분들이나 매립지에 불만이 많은 분들이 견학을 오신다고 하면 실수라도 할까봐 마음을 졸였다. '잘했다'는 평가를 받거나 '덕분에 매립지의 좋은 점을 많이 알고 갑니다'란 말을 들으면 뿌듯했다. 회사가 발전하는 모습을 지켜보고 나날이 나아지는 매립 기술의 과정을 익히며, 이를 사람들이 이해하기 쉽도록 바꿔 말해서 좋은 평가를 받는 내 모습을 사랑했다.

그런데 시간이 흐를수록 매립지 자체에 애정이 깊어졌다. 매립지공사 설립 이후 악취와 싸워 온 직원들의 노고를 알기에 누군가가 '어~ 냄새가 나는 것 같다'는 식의 말을 하면 속이 상했다. 그래서 매립지에 고라니나 삵 같은 야생동물이 산다는 것, 쓰레기가 분해되는 과정에서 제1매립장이 7m나 내려앉았고, 매립장 위에 조성한 골프장의 지형도 조금씩 바뀌었다는 점을 강조해서 설명한다. 매립지가 자연과 함께 살아 숨 쉬는 공간으로 변모하고 있고, 이를 위해 공사 임직원들이 애쓰고 있음을 알리는 것도 중요한 일이 됐다.

박영리
2004년에 입사해 현재 홍보부에서 근무하고 있다.

도심 속 생태공원의 꿈

정동원

우리 가족은 3대째 인천 서구 경서동에서 살고 있
다. 이곳은 오류동·왕길동·검암동·백석동과 더불
어 수도권매립지로 인한 아픔을 함께한 동네다.

매립지가 들어오기 전 이곳은 주로 농사와 어업에
종사하는 조용한 마을이었다. 황혼에 물든 바다,
밀물을 따라 생선 가득 실은 돛단배가 줄을 이어
포구로 향하던 모습, 썰물에 드러난 넓은 갯벌과
갯골에서 수건을 머리에 동여매고 게와 조개를 잡

는 어머니들의 분주한 손길, 하얗게 피어나는 소
금밭에서 수차를 돌리는 염부의 검게 그을린 등과
이마에 흐르는 땀방울, 논 갈고 김매던 부모님 모
습은 내 유년 시절의 아련한 풍경이다.

그러나 30여 년 전 기억 속 고향 마을은 요란한 굉
음에 휩싸였다. 바다를 메워 농경지로 만들겠다는
건설회사의 중장비로 인해 갯벌과 소금밭은 순식
간에 사라졌다. 애타게 기다리던 농지 분배의 기
대는 쓰레기매립장이 생긴다는 청천벽력 같은 소
문에 물거품이 되고, 마을 사람들은 술렁거리기
시작했다.

매립장 설치를 막기 위한 주민들의 저항은 역부족
이었다. 1992년부터 마구잡이로 쌓여 가는 쓰레
기 더미에서 들끓는 파리와 모기 떼, 듣도 보도 못
한 침출수라는 썩은 물이 풍기는 악취에 주민들은
몸서리쳤다. 결국 우리 힘으로 마을을 지켜야 한

다는 각오로 검단주민대책위를 선두로 경서동대책위, 백석동대책위, 검암동대책위 등 주민 감시조직을 결성했다.

그러는 사이 서울시, 인천시, 경기도가 공동으로 구성한 수도권매립지운영관리조합이 환경부 산하 국가공사로 바뀌었다. 동시에 각 지역 대책위도 영향지역 주민들의 대표기구인 수도권매립지 주민지원협의체로 단일화되면서 지역주민과 공사는 20년 넘게 때로는 견제하고 때로는 협력하면서 쓰레기매립장을 현재의 모습으로 변화시켜 왔다. 연탄재가 쌓여 있던 24만여 평 부지는 야생화공원으로, 파리 떼가 들끓던 제1매립장은 지역주민과의 상생을 토대로 36홀의 골프장이 됐다. 야생화공원에서 성공적인 국화축제를 위해 주민과 공사가 힘을 모았던 일들이 아직도 생생하다.

이제 새로운 세대를 이어 갈 우리의 아들과 딸들 그리고 그 아이들이 기억하는 고향은 어떤 모습일까?

이전의 조용하던 어촌마을로 다시 돌아갈 수는 없는 일이다. 하지만 긴 시간 주민들이 감내한 고통을 감안한다면 지역주민뿐만 아니라 누구나 편하고 자유롭게 이용할 수 있는 공간으로 수도권매립지가 다시 태어나야 할 것이다.

뉴욕 센트럴파크가 부럽지 않은 바다와 낙조가 어우러지는, 자연이 살아 숨 쉬는 '도심 속 생태공원' 정도면 어떨까. 잔디밭에 앉아서 책을 읽고 음악도 듣고, 숲길 사이로 자전거 타고, 아이들이 자유롭게 공놀이도 할 수 있는, 잔잔하지만 행복한 휴식과 낭만을 즐길 수 있는 그런 공간으로….

그러면 너무 힘들고 아프게 했던 우리의 땅도 행복해 하지 않을까?

이제 우리 주민들은 더 큰 책임감을 발휘해서, 앞으로 태어날 우리 손자 손녀를 위해서라도 정신 바짝 차리고 수도권매립지를 감시하고 견제해야 할 것이다.

정동원
수도권매립지관리공사 주민대표 운영위원으로 활동하고 있다.

새로운 길

환경교육의 성지

조홍섭

수도권매립지 시대의 개막을 알리는 한 중앙일간지 기사는 매립지 규모를 자사의 항공기에서 찍은 사진과 함께 이렇게 소개했다.

'31층 높이의 서울 삼일빌딩을 3250개나 묻을 수 있을 정도로 광활한 면적….'

지금이야 이보다 높은 아파트도 흔하지만 당시 삼일빌딩은 대한민국에서 가장 높은 건물이었다.

그해 브라질 리우데자네이루에서 지구 정상회의가 열려 기후변화협약이 처음 채택됐다. 그 전해인 1991년 낙동강에 페놀 폐수가 유출돼 수돗물에서 악취가 나는 바람에 부산 시민들이 수돗물을 먹지 못하고, 임신부들이 잇달아 낙태 수술을 하는 등 최악의 환경재앙인 페놀 사태가 났다. 아직 새만금의 거대한 갯벌이 간척되기 전이고, 4대 강이 댐으로 토막 나기 전이었지만 환경문제는 심각했다. 팔당 상수원 준설부터 수돗물의 발암물질까지 수질오염은 어디서나 큰 문제였다. 쓰레기 매립, 소각시설을 거부하는 집단행동도 끊이지 않았다.

수도권매립지가 출범한 1990년대 초는 우리나라 근대사에서 환경문제가 가장 도드라진 시기로 기록될 것이다. 시민환경단체인 환경운동연합, 녹색연합, 환경정의가 모두 1991년에 문을 열었다. 보건사회부 외청이던 환경청은 1990년 환경처,

1994년 환경부로 승격했다. 언론사들은 앞다퉈 환경팀을 조직했고, 부록으로 환경특집을 만들었다. 환경부에 출입하는 일간지와 방송·통신 기자만 회사마다 2~4명씩 55명이나 됐다.

수도권매립지는 이런 환경 근대화의 물결에서 두드러진 현대적 환경시설이라 할 수 있다. 김포의 갯벌을 메워 대규모 매립지를 만든다고 했을 때 서울 시민들은 훨씬 큰 난지도를 떠올렸을 것이고, 서울시가 아닌 먼 바닷가여서 다행이라고 생각했을 것이다. 서울시 인구는 1966년 380만 명에서 1990년에 1000만 명을 돌파했다. 평화로운 농촌이었던 난지도는 1978년 서울시의 쓰레기매립장이 되면서, 1992년 수도권매립지 반입이 시작되기 전에는 하루 2000대의 쓰레기 차량이 드나들었다. 먼지와 악취, 파리, 화재가 끊이지 않는 곳이 됐다. 재활용 역군인 앞벌이와 뒷벌이가 쓰레기 더미 위에 움막을 짓고 살았는데, 그 규모는 800가구

3000명을 넘었다. 일종의 재활용 난민촌이었다. 1984년 망원동 물난리에 이은 대화재가 일어나면서 난지도는 전쟁터 비슷한 곳으로 바뀌었다. 위생적으로 쓰레기를 매립하는 현대적인 시설이 절실했고, 수도권매립지가 그 대안이었다.

2007년에 '파키스탄의 난지도'를 방문한 적이 있었다. 인구 800만 명인 파키스탄 제2의 도시 라호르는 인더스강 지류에 자리 잡은 유서 깊은 도시지만 쓰레기 처리 문제로 몸살을 앓고 있었다. 강변은 쓰레기투기장으로 바뀌어 비닐쓰레기로 하얗게 덮여 있었고, 강물은 유기물쓰레기로 말미암아 부글부글 끓고 있었다. 매립장 한 곳을 찾으니 쓰레기 더미 속의 음식물 찌꺼기를 먹으려는 백로, 솔개, 개, 물소 같은 동물과 함께 사람들이 눈에 들어왔다. 난지도처럼 이들은 매립장에서 재활용품을 찾으며 생계를 꾸렸다. 매립장 근처에는

'쓰레기 마을'이 있었다. 재활용품으로 먹고사는 도시빈민의 무허가 거주지로, 전체 도시 인구의 30%가량이 직간접 쓰레기로 생활하고 있었다.

수도권매립지관리공사가 공적개발원조(ODA) 사업으로 라호르시의 위생 매립지 계획과 폐기물 처리 체계를 마련하기 위해 현지에 나와 있었다. 라호르시 폐기물 담당 국장은 "난지도 사진을 보고 한국에서 배울 수 있겠다는 판단이 섰다"라고 했다. 파키스탄뿐만 아니라 제3세계의 대도시들이 비슷한 쓰레기 매립지 문제를 안고 있다. 난지도에서 유사한 어려움을 겪고 수도권매립지와 쓰레기 종량제 등 해법을 찾은 우리나라의 경험은 개발도상국들에게 유럽이나 미국에서 볼 수 없는 현실감을 주는 것 같았다.

수도권매립지에 개도국들이 관심을 기울이는 이유가 앞선 기술 때문만은 아니다. 많이 알려지지 않았지만 수도권매립지 주변 주민들의 참여와 협력이야말로 외국의 어떤 매립지에서도 볼 수 없는 가치를 지닌다. '김포 매립지'를 '수도권매립지'로 이름을 바꾼 것도 주민들의 요구 때문이었다. 난지도에서 연상되는 불결함과 불법 이미지를 김포에 낙인찍지 못하도록 언론사에 정정보도 요청을 하기도 했다.

더 중요한 것은 수도권매립지 주민대책위원회의 주민감시활동이었다. 매립을 시작한 정부는 생활 쓰레기를 압축해서 컨테이너 박스로 반입하겠다던 약속을 어겼다. 폐수처리 찌꺼기 등 산업폐기물을 수도권매립지에 묻을 수 있도록 법을 개정했다. 한술 더 떠 특정 산업폐기물까지 묻겠다고 하니까 참지 못한 주민대책위는 쓰레기 차량을 막고 반입 중단으로 대응했다. 수도권 시민들에게는 '쓰레기 대란'으로 돌아왔다. 1995년 한 해에만 서울의 7개 구청을 포함해 14개 지방자치단체의 쓰레기 반입이 일정 기간 중단됐다.

이런 불편함은 쓰레기 행정과 제도 개선으로 이어졌다. 중앙 일간지와 방송·통신 기자들이 꾸린 한국환경기자클럽이 1996년 수도권매립지 주민대책위원회를 '올해의 환경인'으로 뽑은 것은 매립지에 음식물쓰레기 반입을 금지해서 국민들의 관심도를 높이고, 정부가 대책 마련에 나서도록 기여한 공을 인정해서였다.

그러나 주민대책위의 활동에는 한계가 있다. 늘어나는 쓰레기를 막을 수 있는 가장 중요한 해결책은 버리는 시민들의 각성과 실천이다. 다 버리도록 해 놓고서 감시를 잘한다고 해결될 일은 아니다. 수도권매립지가 문을 연 뒤 8년 만인 2000년 난지도와 같은 거대한 쓰레기 산이 매립지에 생긴 데서 잘 알 수 있다. 그 사이 여의도 면적의 1.4배 넓이에 40m 높이의 쓰레기 산이 솟아올랐다. 중간에 쓰레기종량제를 시행해서 쓰레기 양을 절반으로 줄였는데도 그렇다.

30년 역사를 맞은 수도권매립지는 이제 중대한 고비를 맞았다. 플라스틱쓰레기 등 중요한 환경 문제는 모두 시민 각자의 소비와 직결돼 있다. 코로나 사태로 음식을 많이 배달해서 먹지만 그 결과 얼마나 많은 쓰레기를 버렸는지는 심각하게 생각하지 않는다. 쓰레기를 먼 바닷가가 아닌 자기 동네나 집 앞에 쌓아 둔다면 사정이 다를 것이다. 반입 중지와 쓰레기 대란이 폐기물 정책 개선을 촉진했다고 해도 그런 충격 요법을 자주 쓸 수는 없다.

수도권매립지는 시민들에게 자신의 소비와 쓰레기 문제를 성찰하도록 이끄는 교육의 장이 돼야 한다. 시민들이 매립지에 와서 자기가 버린 쓰레기의 처리 과정을 배우고 느낄 수 있는 기회를 마련해야 한다. 덴마크에서는 아이들에게 먹는 고기가 어떤 과정을 거쳐 생산되는지 현장을 체험해서 배우도록 '육식 교육'을 한다. 고기를 먹는다면 그 고기가 어떻게 생산되는지 알아야 한다고 믿기 때문이다. 마찬가지로 쓰레기를 버리는 사람은 그 쓰레기가 어떻게 처리되고, 비용은 얼마나 드는지 알아야 한다. 수도권매립지가 시민들이 쓰레기 문제를 배우고 지구의 미래를 생각하는 환경교육의 성지가 되기 바란다.

조홍섭
한겨레 논설위원, 환경 전문기자

저거 엄마가 만든 거다

백영순

공사가 어린이들을 위해 만든 책 「쓰레기가 사라졌다!」는 스웨덴의 환경운동가 그레타 툰베리처럼 한국의 그레타 툰베리를 길러 보고 싶은 욕심에서 시작됐다. 두 아이(지금은 세 아이)를 기르는 엄마로서 자기가 버리는 쓰레기가 매립지에서 어떻게 처리되는지 어린이들이 알기 쉽게 설명한 책이 없다는 아쉬움도 있었다.

주요 대상은 초등학교 고학년으로 정했다. 집필진

으로 초등학교 선생님을 섭외해서 쓰레기가 처리
되는 과정, 수도권매립지의 역할, 쓰레기 줄이기
체험 등 모두 7장으로 구성했다. 책을 만들어 배포
하던 중 환경부 장관과 시·도 교육감들이 '학교 환
경교육 비상 선언식'을 연다는 소식을 들었다. 공
사에서 제작한 책을 홍보할 좋은 기회다 싶어 행
사가 열리는 충남 부여로 달려갔다. 기자가 "책 소
개를 하도 열심히 해서 출판사 직원인 줄 알았다"
고 말할 정도로 열심히 홍보했다.

책은 EBS 어린이 프로그램 '호기심딱지'로 제작됐
다. 아이들에게 인기 많은 프로그램인지 우리 집
두 아들도 '사라져라 쓰레기 몬스터' 편을 재미있게
본다. "얘들아, 저거 엄마가 만든 거다"라고 하니
아들들이 "오~ 엄마, 대단한데!" 하며 '엄지척'을
날려 준다.

매립 30주년을 맞으면서 두 번째 책을 내게 됐다. 언제, 어디서, 누가, 무엇을 식으로 흔히 하는 30년사, 백서처럼 무거운 것 말고 가볍게 읽을 수 있는 책을 만들면 어떨까? 동료들과 궁리 끝에 이 책,「서른 살 매립지 이야기」가 태어나게 됐다.

매립지의 쓰레기로 전기를 만들듯이, 사람들의 이야기로 새로운 희망을 만들고 싶어 시작했는데, 회사 창립기념일에 맞춰 빛을 보게 돼 기쁘다. 글과 사진을 주시고, 편집과 출판에 함께해 주신 모든 분들께 감사드린다.

백영순
2017년에 입사해 현재 홍보부에서 근무하고 있다.

K-매립지, K-자원순환

김정욱

지금 우리는 몸무게의 수천 배에 달하는 자원을 쓰레기로 버리면서 살고 있다. 지구는 이를 감당할 만한 능력이 없다. 이를 해결하기 위해서는 자원순환사회를 만들어야 한다. 수도권매립지는 세계가 칭찬하는 쓰레기종량제와 음식물쓰레기 분리수거제도 도입에 결정적인 역할을 했고, 재생에너지를 생산해서 자원순환사회를 지향하는 데 모범적인 역할을 하고 있다. 지금 개발도상국들이 겪고 있는 많은 환경 문제는 우리가 앞서 겪고 헤

쳐 나온 문제들이다. 선진국들도 우리가 개도국들을 이끌어 주기를 기대하고 있다.

인류는 일정 수준의 경제성장에서 만족하고 더 이상의 성장이 없는 상태를 유지해야 한다. 안정된 생태계는 성장하지 않는다. 경제는 성장하지 않더라도 우리 삶의 모습은 얼마든지 달라질 수가 있다. 그 달라지는 모습이 환경과 조화를 이루는 방향으로 나아가야 한다. 무한자원이란 없다. 한 가지 자원이 모자랄 때마다 과학자들은 대체자원을 찾곤 하지만 대체자원이라는 것도 끝이 있다. 무한한 줄 알았던 물이나 흙까지도 유한하다는 것을 지금 우리는 절실히 깨닫고 있다. 물이 21세기의 가장 중요한 자원이 된 상황이다. 물이 이러할진대 다른 자원은 더 말할 필요가 없다.

이 부족한 자원에 대한 해결책은 무엇인가? 우선

있는 자원을 아껴 써야 하지만, 근본적으로는 자원을 순환시켜야 한다. 쓰레기를 모아 재활용하는 것이 천연자원을 사용해서 제품을 만드는 것과 다름없이 인류의 필요성을 채울 수 있고, 지구경제를 돌아가게 할 수 있다. 자원순환은 에너지를 효과적으로 절약하는 방법이기도 하다. 그래서 자원순환사회를 만들어야 한다. 그렇게 하기 위해서는 자원순환을 촉진하는 인센티브를 주도록 경제구조가 바뀌어야 하고, 지역사회가 이를 실현할 수 있도록 협력구조를 다시 짜야 한다.

전통적으로 우리 조상들은 자원 낭비를 죄악으로 여겼고, 거의 모든 자원을 재활용했다. 생활 문화는 쓰레기가 생기지 않도록 가축이며 농지를 집 가까이에 두었다. 음식물 찌꺼기는 가축에게 먹이는 사료였고, 재나 분뇨는 비료로 이용했다. 조선시대 헌법인 경국대전(經國大典)은 쓰레기를 함부로 버리는 행위를 엄벌로 다스렸다. 세종대왕도 하천에다 쓰레기 버리는 행위를 금하는 영을 내렸다. '棄灰者 杖三十, 棄糞者 杖五十'(기회자 장 30, 기분자 장 50: 쓰레기를 버리는 자는 곤장 30대, 똥을 버리는 자는 곤장 50대) 혹은 '棄灰者 杖八十, 放牲畜者 杖一百'(기회자 장 80, 방생축자 장 100: 쓰레기를 버리는 자는 곤장 80대, 가축을 방목하는 자는 곤장 100대)이라고 돌에 새긴 금표(禁標)가 마을에서 발견되기도 했다. 똥과 쓰레기 모두 유용한 자원인데, 이것을 강이나 길에 버려서 환경을 오염시키고 자원을 낭비하지 말라는 뜻이다. 가축을 방목해서 산림을 훼손하는 행위도 엄한 벌로 다스렸다. 모세의 율법에서 곤장을 40대 이상 때리는 것을 금하는 것을 보면, 당시 형벌이 얼마나 엄했는지 짐작할 수 있다.

우리 전통문화는 자원을 아끼고 재활용하며 환경

오염을 최소화하도록 생태적으로 짜여 있었다. 마을과 주택구조도 생태적으로 건강한 형태를 보인다. 산꼭대기나 경사가 급해서 취약한 지역은 보존하고, 경사가 완만하지만 다른 용도로는 쓸 수 없는 곳에 무덤을 두었다. 집들은 그 아래에 산을 등지고 남향으로 지어서 에너지 절약형 마을을 조성했다. 집 자체도 환경 친화적이었다. 초가지붕은 썩으면 퇴비로 썼다. 집을 짓는 데 나무는 최소한으로 써서 산림자원을 아꼈고, 벽은 흙과 짚으로 만들어서 보온과 습도 조절이 잘 되도록 했다. 특히 온돌은 어떤 난방장치보다도 열효율이 뛰어나고 오염이 적은 난방구조다. 난방을 따로 하는 것도 아니고 아침저녁으로 밥만 지으면 저절로 난방이 되는 것이 온돌이다.

대부분의 나라가 도시를 농사 짓기 좋은 평야에다 조성해서 땅을 낭비하는데, 우리는 평야의 가장 자리에 산을 끼고 건설해서 도시가 비대해지는 것을 막았다. 서울 인구는 1660년 20만 명에 이른 후 19세기 말 서구에 개방되기 전까지 늘지도 줄지도 않고 항상 20만 명을 유지했다. 유럽의 여러 나라가 친환경적인 도시 인구 규모를 20만 명 정도로 잡고 있는 것을 보면 서울도 주위에 무리를 주지 않고 환경적으로 건강한 도시 생태계를 유지할 수 있도록 인구 규모를 유지했을 것으로 짐작된다. 도시에 필요한 땔감은 산림을 파괴하지 않는 선에서 인근 지역으로부터 반입했고, 도시에서 나온 분뇨는 인근 논밭으로 환원됐다. 그리고 물도 하천이나 지하수를 오염시키지 않도록 생태적으로 건강한 지역사회를 이루었다.

우리나라는 1950년대까지 쓰레기가 거의 없었기 때문에 정부가 쓰레기를 치우는 일에 관여하지 않았다. 1960년대에 이르자 산업화가 시작되면서 화학비료가 퇴비를 대체하기 시작했고, 도시에 가축과 농경지가 사라지면서 생태적인 자원순환이 불가능해졌다. 쓰레기 내용도 바뀌어서 퇴비화하기 어려운 쓰레기가 나오기 시작했다. 이런 쓰레기는 도시 인접 빈터에 버려지고, 그 땅이 돋우어져서 다른 용도로 개발됐다. 1970년대 들어와 정부가 쓰레기에 관한 통계 자료를 조사하고 쓰레기를 치우기 시작했다. 쓰레기를 재활용하기보다는 천연자원을 쓰도록 산업구조가 만들어지면서 쓰레기 배출량도 급증했다. 한 사람이 하루에 버리는 쓰레기가 1kg을 넘어서자 더 이상 쓰레기 문제를 시민들에게 맡겨 둘 수 없는 지경에 이르게 됐다.

그리하여 1970년대 말에 난지도가 서울시의 쓰레기투기장이 됐다. 쓰레기투기장은 아무런 처리도 하지 않고 그냥 쌓아 두는 곳이어서 쥐와 파리가 들끓었고, 지독한 냄새가 풍겨 나왔다. 쓰레기에서 쓸 만한 재활용품을 수집하는 '난지도 사람들'이 여기에 모여 마을을 이루며 살았다. 이들은 앞벌이·뒷벌이·삼벌이로 나뉘어 재활용 자원을 수집했는데, 그 위계질서가 아주 엄격했다. 집 짓는 자재부터 살림 세간을 모두 여기에서 조달했다. 심지어 음식까지도 여기서 얻었다.

쓰레기를 마구 버리면서 양이 급격하게 늘어났다. 1990년에는 서울 시민 한 명이 하루에 2.8kg을 버리는 것으로 나타나 세계에서 쓰레기 배출량이 가장 많은 나라가 됐다. 당시 미국의 1인당 배출량이 1.4kg, 유럽과 일본이 각각 1.0kg였으니, 그에 비하면 두세 배 많은 양이었다. 연탄재가 쓰레기의 40%를 차지하는 특수한 사정이 있었지만 연탄재를 빼도 많은 양이었다.

난지도매립장 종료를 앞두고 김포군 검단면의 간척지에 수도권매립지가 들어섰다. 이 매립지가 많은 개도국들이 본받고 싶어 하는 모범 사례가 된 배경에는 주민들의 헌신적인 노력이 있었다. 그들 덕분에 우리나라 쓰레기 정책이 획기적으로 개선됐다.

첫째, 쓰레기를 생활쓰레기, 산업쓰레기, 건설쓰레기 등으로 분류했다. 생활쓰레기는 다시 재활용쓰레기, 음식물쓰레기, 일반쓰레기로 분류했다. 음식물쓰레기, 재활용쓰레기, 산업쓰레기는 매립하지 않고 별도로 처리했다. 이로써 하루 종일 줄지어 들어오던 쓰레기 차량을 획기적으로 줄였다. 매립장에 들어온 쓰레기는 냄새를 줄이고 미관을 위해 당일 흙덮기를 하기 때문에 이미 들어온 쓰레기는 재활용품을 가려낼 수가 없다. 그래서 재활용품은 시민들이 분리해서 배출하게 했다.

이 제도가 정착하기까지는 주민들이 쓰레기 차량마다 올라가서 일일이 확인하는 수고가 있었다. 그 전에는 모든 쓰레기를 다 섞어서 버렸다. 아파트에는 집집마다 쓰레기 배출구가 있어서 여기다 쓰레기를 쏟아 넣으면 아래층에 다 모였고, 모인 쓰레기는 청소차가 수거해서 난지도에 실어다 버렸다. 이 때문에 아파트마다 음식물쓰레기를 먹으려는 쥐로 들끓었고, 아래층 주민들은 악취와 쓰레기 떨어지는 소음에 시달려야 했다.

둘째, 종량제봉투 제도를 시행해 양에 따라 비용을 지불하게 되면서 쓰레기가 줄었다. 서울 시민 한 명이 하루에 2.8kg을 버리던 것이 종량제봉투 시행 이후 1kg으로 줄었다. 1kg 정도 차지하던 연탄재가 석유, 도시가스 등으로 대체된 것을 감안하면 생활쓰레기만 0.8kg 줄었음을 알 수 있다. 쓰레기를 종량제봉투에 담아 돈을 내고, 음식물 쓰레기와 재활용품을 품목별로 분류해서 배출하는 제도는 세계가 칭찬하고 있다. 이런 제도가 정착되기까지는 수도권매립지 주민들이 결정적인 역할을 했다. 수도권매립지와 우리나라 쓰레기 처리제도는 개도국 공무원들이 와서 배워 가는 필수 코스가 됐다.

셋째, 매립장의 환경오염 방지를 위해 침출수를 모아서 처리하고, 매립가스를 포집해서 전기를 생산했다. 온실가스를 줄였을 뿐만 아니라 탄소배출권을 팔아 상당한 수입도 올리고 있다. 매립이 끝난 곳은 야생화공원과 체육시설 등 편의시설로 시민들에게 제공하고 있다. 공원으로 복원된 곳은 냄새가 전혀 나지 않고 볼거리가 많아 시민들이 즐겨 찾고 있다. 난지도공원은 상암동 주민들의 자랑거리로 바뀌었다.

플라스틱과 일회용품 사용을 줄이자는 운동이 세계 곳곳에서 진행되고 있다. 일회용 플라스틱 사용을 전면 금지한 나라와 도시가 생겨나고 있고, 시민들이 자발적으로 그런 운동에 참여하고 포장재 없는 가게를 운영하기도 한다. 미국의 비 존슨 (Bea Johnson) 여사는 쓰레기 없는 생활을 실천해 1년 동안 모은 쓰레기가 잼 통 하나밖에 안 되는 기록을 세웠고, 이를 따르려는 사람들이 'Zero Waste Home' 운동을 벌이고 있다.

우리가 자연 생태계에 해를 끼치는 쓰레기를 버리기 시작한 것은 반세기에 지나지 않는다. 이러한 생활방식은 지속 가능하지 않다. 생태계에 해를 끼치는 쓰레기가 없어져야만 지속 가능한 세상이 될 수 있다. 우리 조상들은 거의 완전한 자원순환사회를 유지해 왔다. 현대 사회가 옛날로 돌아갈 수는 없지만 배워야 할 점은 대단히 많다. 지역 사회가 생태계의 일부가 돼 자원순환을 이루면 좋겠지만, 이미 비대해진 도시들이 독자적으로 온전한 자원순환사회를 이루기가 어렵기 때문에 지역 협력 체계를 잘 구축해야 한다. 식량, 에너지, 물, 쓰레기 등의 자원이 지역 간에 순환될 수 있도록 만들어 나가야 한다. 미국 캘리포니아를 이상형으로 삼아 용도지역들을 멀찍이 띄어 놓고 거미줄처럼 도로로 얽어서 자동차로 다니게 하고, 에너지와 자원은 무한정 소비하면서 쓰레기는 다른 곳에 갖다 버리는 그런 도시는 환경적으로 지속 가능하지 않다.

수도권매립지관리공사는 그동안 세계가 칭찬하는 자원순환정책을 정립하는 데 큰 역할을 했다. 우리나라는 앞으로 30년 안에 탄소중립을 달성해야 하는 어려운 과제를 안고 있는데 수도권매립지 관리공사가 그 역할을 선도해 주기를 기대한다.

김정욱
서울대학교 환경대학원 명예교수, 환경협력대사

제4매립장 예정부지
· 면적: **389만㎡**

안암도 유수지

제3-1매립장
· 면적: **103만㎡**
· 매립기간: **2018.09. ~ 매립 중**
· 매립량: **1819만t(예상)**

5 제2매립장
· 면적: **378만㎡**
· 매립기간: **2000.10. ~ 2018.10.**
· 매립량: **8018만t**

6 제3매립장
· 면적(전체): **213만㎡**

음폐수 바이오가스화시설

가연성폐기물 고형연료화(SRF)
시범시설

8 자원순환에너지타운
· 면적: **41만㎡**

하수슬러지 자원화
3단계시설

하수슬러지 자원화
2단계시설

하수슬러지 자원화
1단계시설

7 통합계량대

남문

서해

1 야생화공원
야생화 및 식물 300여 종이 식재된 생태 녹지공간으로, 2020년부터 상시개방하고 있습니다.

2 제1매립장(드림파크골프장)
매립이 종료된 제1매립장 상부에 조성한 36홀 친환경 골프장으로, 각종 국제대회가 열리고 있습니다.

3 침출수처리장
매립장에서 발생하는 침출수를 안정적으로 처리합니다.

4 매립가스 발전소
매립장에서 발생하는 가스를 포집해서 전기를 생산하는 세계 최대 규모의 매립가스 발전소입니다.

5 제2매립장
2018년에 매립을 종료하고 안정화공사를 진행하고 있습니다.

6 제3매립장
2018년부터 폐기물을 매립한 제3매립장입니다. 제3-1매립장부터 부분 매립을 진행하고 있습니다.

7 통합계량대
폐기물차량의 최초 관문으로, 폐기물을 자동으로 분류하고 계량합니다.

8 자원순환에너지타운
자원화시설을 한곳에 모아서 효율적으로 관리하기 위한 폐기물 자원화 복합단지입니다.

주민체육공원

④ **매립가스 발전소**

정문

드림파크 스포츠센터

동

② **제1매립장**
(드림파크골프장)
· 면적 : 409만㎡
· 매립기간 : 1992.02. ~ 2000.10.
· 매립량 : 6425만 t

드림파크 승마장

클럽하우스

본관

① **야생화공원**
(야생초화원, 자연학습관찰지구 등)

CNG충전소

홍보관

양묘온실

자원순환기술연구소

경인아라뱃길

한국환경공단

환경산업연구단지

수도권매립지
캠핑장

국립생물자원관

공항철도

공항철도 검암역 →

매립지 사람들의 이야기를 마치며

이 책의 제작을 맡으면서 매립지에 대해 먼저 떠
올린 것은 '광클'이었다. 난지도 노을공원의 캠핑
장을 예약하기 위해 월 1회 정해진 날에 '준비 땅'
해서 좋은 자리를 맡으려 했던 기억이다. 나에게
매립지란 '공원과 캠핑장 등 도시의 팍팍함을 부드
럽게 녹여 줄 수 있는 휴식공간'이라는 이미지로
새겨져 있었다.

하지만 지난 30년 동안 우리가 몰랐던 매립지 이

야기를 읽고 내용을 편집하면서 수도권매립지를 다시 바라보게 됐다.

40여 편의 이야기와 사진에는 '신의 직장에서 근무하는 직원들은 참 좋겠다'는 편견을 되돌아보게 하는 뜨거움이 담겨 있다. 쓰레기를 안정적으로 처리하기 위해, 악취와 침출수 등 환경오염 문제를 해결하기 위해 헌신한 이야기들을 읽으면서 나도 모르게 겸허해졌다.

공사 홍보팀에서 견학을 권유했을 때는 으레 그러나 보다 했다. 하지만 막상 가서 보니 내 생각과 많이 달랐다. 악취는 없었고, 갈대밭은 평생 본 것 중 제일 넓었으며, 하늘은 무지 예뻤다. 높은 곳에서 내려다본 실제 매립하는 모습이 가장 인상적이었는데 마치 잘 정돈된 아파트 공사현장 같았다. '아, 이래서 수도권매립지가 k-매립지구나!' 하는 생각이 들면서 '이렇게 유지하기 위해 정말 많은 노력을 하고 있구나' 하는 믿음도 갖게 됐다. "와서 보면 다르다"고 강조한 이유도 알았다.

그날, 음식물폐수 바이오가스로 열을 공급하는 온실에서 키우는 로즈 허브 하나를 선물로 받았다. 그 '녀석'이 지금 내 사무실에서 짙은 향기를 뿜내고, 나는 그것을 즐기고 있다.

내가 그러했듯이 이 책은 30년 동안 수도권매립지에서 일한 직원들과 주민들의 이야기를 통해 매립지를 바라보는 시야를 넓혀 줄 것이다.

2022년 7월

연두에디션 대표 심규남

수도권매립지 30년 걸어온 길

1986년 3월 서울시, 환경청에 새로운 쓰레기매립지 확보 요청

12월 인천시, 간척사업이 진행 중인 김포지구 일부를 쓰레기매립지로
사용할 수 있도록 환경청에 승인 요청

1987년 9월 김포지구 간척지를 수도권매립지로 사용하는 계획 대통령 재가

1987년 11월 동아건설과 간척지 양도·양수 협약 체결

1988년 실시설계, 환경영향평가

1989년 2월 환경청과 서울시·인천시·경기도, 건설 및 운영 사업에 관한 협정 체결
수도권해안매립조정위원회 설치

9월 제1공구 건설공사 착수

1991년 9월 환경관리공단, 수도권매립사업본부 신설

11월 수도권매립지 운영관리조합 설립

1992년 2월 10일 경기도 쓰레기 반입 시작

4~5월 김포군 검단면과 인천 서구 백석동 주민들,
악취·먼지·소음 피해를 호소하며
쓰레기 반입을 막아 한 달여 동안 수도권 쓰레기 대란 발생

1995년 종량제봉투 제도 도입, 주민 감시와 주민지원기금 등에 관한
폐기물시설촉진법 제정

2000년	7월	수도권매립지관리공사 설립
	10월	제2매립장 매립 시작, 제1매립장 사용 종료
2001년		야간 반입 폐지
2002년		드림파크문화재단 설립
2004년	10월	제1회 드림파크 야생화공원 국화축제
2006년	12월	50MW 매립가스 발전소 준공

2008년		슬러지 자원화 1단계 시설 준공
2009년	12월	그린에너지개발㈜과 슬러지 자원화시설 위탁운영 협약 체결
2010년	4월	가연성 폐기물 고형연료화(SRF) 시설 준공
	9월	자원순환기술연구소 신설
2012년	1월	슬러지 자원화 2단계 시설 준공
2013년	8월	음식물폐수 바이오가스화 시설 준공

2015년	6월	환경부·서울시·인천시·경기도, 2016년 종료 예정인 매립면허기간을 4자합의 종료 시까지 연장
	12월	2.4MW 바이오가스 발전시설 준공
2016년	1월	주민복지타운(노인요양병원, 어린이집) 준공
2018년	9월	제3-1매립장 매립 시작, 제2매립장 사용 종료
2020년	1월	생활쓰레기 반입 총량제 시행
	10월	슬러지 자원화 3단계 시설 준공

2022년	1월	중간처리를 하지 않은 건설폐기물의 반입 금지
2025년		모든 건설폐기물의 수도권매립지 매립 금지
2026년		생활쓰레기 매립 금지

서른 살 매립지 이야기

초판 1쇄 발행 2022년 7월 20일

지은이 신창현 외 42인
기획 백영순 김상훈 이화균 심낙종 김찬돈 박영리 유리 김종현

편집 이정선
표지 디자인 책은우주다
본문 디자인 이경은
교정교열 엄민용

펴낸이 심규남
펴낸곳 연두에디션

신고번호 2015년 12월15일(제2015-000242호)
전화 031-932-9896
팩스 070-8220-5528
이메일 yundu@yundu.co.kr
정가 16,500원

ISBN 979-11-92187-62-4 03810